U0817373

凌云

郑彦英 著

作家出版社
全国百佳出版社

欢迎乘着《凌云》的文字感受一场别样的阅读航行。本次“特殊航班”，文字通俗易懂，情节曲折跌宕，零阅读障碍。为了确保良好的体验，请您在阅读时尽量保持安静的心境，不要被手机、遥控玩具、电子游戏机等电子设备干扰。

“书海若云天，阅读如飞翔”。“飞机”即将起飞了，愿您因本次轻松独特的“航行”爱上阅读，在书海云天里享受自由和愉悦！

目录

第一章

不可一世的乘客　猝不及防的穿仓

两年后，当纽约郊外的松树林里响起那声穿云裂石的长啸后，美少女余凌云的泪花里，依稀出现了那趟从意大利飞往中国的航班。

当时余凌云是头等舱的空中乘务员，也就是我们俗称的空姐，在迎接旅客登机的时候，她以上弦月式的微笑迎接来一个个头等舱旅客。其中有一个很年轻的小伙子，始终戴着墨镜，而且显出不可一世的样子，走路是那种走一步顿一下的式子，嘴里还嚼着东西。余凌云礼貌地对他说了声：“欢迎。”他头都没有点一下，径直走到自己的座位跟前，扑通坐下，跟在他后边的一个小伙子提着行李，吃力地举起来放到行李架上，然后一脸谄笑地对他说：“应该是吃巧克力的时间了。”他却一挥手，一声没吭。小伙子立即点点头，微笑着坐到他旁边的位子。

在接下来的航行中，在端茶倒水等服务中，余凌云注意到，这个戴墨镜的小伙子一直在注意着她，所以她特别小心，尽管有丰富的服务经验，她仍担心这个“墨镜”找碴儿，让她难以对付。

密友文香悄悄提示她：“你知道他是谁吗？”

她摇摇头，又看着文香说：“乘客单子上不是叫王啸台吗？”

“对，他的名字叫王啸台，网名霸王啸，现在是个网红歌手。”

“霸王啸？”余凌云想了一下，“就是那个声嘶力竭地吼歌，被网友称为‘杀猪嚎’的网络歌手？”

“对，就是他。”

“怪不得这样不可一世。”余凌云嗤了一下鼻子，“还始终戴着墨镜。”

没想到就在她俩小声嘀咕的时候，王啸台朝余凌云招了一下手。

余凌云不敢怠慢，立即小碎步过去，面带特有的上弦月式的微笑对他说：“请问先生需要什么服务？”

“加你个微信。”说着拿出手机，“你扫我。”

“对不起。”余凌云依然微笑着，声音甜甜地说，“公司有规定，不能随便与乘客加微信。”

“不是你要加的，是我要加的。”王啸台说着骄傲地一昂头。

“对不起。”余凌云依然小心翼翼地说，“这也不行。”

他身边座位上的小伙子看来是他的助理，乘客登记上显示他的名字叫刘屹。刘屹本来在睡觉，嘴角上还挂着口水，这时候醒来，一听，猛然摇摇头：“怎么回事？我们霸王哥加你微信你还不加，给脸不要脸是不？”

文香跟在余凌云后面，忍不住戗了一句：“嘴巴干净点。”

“你说什么？”刘屹突地要站起来，却被安全带绊着，迅速解开安全带，“你再说一遍？”

文香刚张开嘴，余凌云又以那甜美的上弦月式微笑对刘屹说：“请不要生气，实在是我们公司有规定。”

刘屹把头朝后一仰，嘴巴朝前，额头朝上，压低了声音：“你知道他是谁不？”

余凌云小声地说：“乘客名单显示，他是王啸台。”

“什么王啸台？他就是在网上人气爆棚的网络歌手霸王啸。”

文香小声跟了一句：“就是网友说的杀猪嚎。”

刘屹立即指着文香：“你说什么？再说一遍！”

王啸台伸出手拉了拉刘屹，刘屹立即弯腰看着他。

王啸台："其实杀猪嚎更能流传，我的名气能那么一夜间响亮全球，大多是因了这个外号。"

刘屹立即附和："那是那是。"

"这下大家都明白了。"王啸台看着余凌云，"这时候，我再加你微信，你还不加吗？"

"更重要的是，是我们霸王啸哥要加你，而不是你要加他，想加他微信的美女，海了去了，他一概不予理睬。这是给你天大的面子了。"刘屹在一旁道。

余凌云还是不卑不亢地说："谢谢你，谢谢你的面子，但是我是空中乘务员，我必须严格遵守公司规定。"

刘屹顿时瞪起眼："什么狗屁规定，我找你们机长！"

又是王啸台拉了刘屹一下，刘屹眼睛立即带上了笑。

王啸台长长地嘘了一口气："好了，这是我人生最失败的一天，竟然有拒绝加我微信的女性！"叹口气："好吧。"头朝沙发背上一靠，声低下来，却很霸气："你会后悔的。"说完了伸手拍了拍小伙子的腿："闭眼休息吧。"

余凌云和文香相视一笑，悄然离开了。到了乘务员工作间，文香一撇嘴："不就是个杀猪嚎嘛，有什么了不起？！"

她俩怎么也没有想到，飞机刚刚进入哈萨克斯坦境内，王啸台突然抽搐起来，浑身乱抖，身子眼看着从座位上出溜到地上，依然在抽。

余凌云飞奔过去，文香紧随其后，两个人一人抓起王啸台的一只胳膊，往沙发上架，可他死沉死沉的，俩人怎么也架不上去。文香不由得叫道："那个刘屹呢？"

刘屹却站在头等舱前排不过来，还用手机拍着录像。

文香道："你过来帮忙呀！"

刘屹不屑地说："我要录像告诉网友，都是你不让加微信，把霸王啸哥气成这样了。"

乘务长赶过来了，空中安全员也跑过来了。乘务长立即对机舱广播：“对不起打扰大家一下，乘客中有没有医生，头等舱有一位旅客突发晕厥抽搐。”

却没有一个人有回应。

乘务长有些急，对余凌云说：“先掐掐人中试试。”

余凌云立即伸手，从他的上嘴唇中间掐下去。

王啸台依然在抽搐。

余凌云又使了一把劲，他却还在抖动抽搐。

空中安全员凑上来：“我来。”

王啸台却在安全员到达之前，翻了个身，全身压在余凌云腿上，而且脸朝下，安全员根本无从下手。

“好了。”乘务长明白了，若有所思，说，“看来得紧急降落哈萨克斯坦了，我去给机长汇报一下，让这位乘客在哈萨克斯坦治疗。”

话音一落，王啸台的后背往上拱了一下，嘴里发出低沉的啸声，若教堂里的管风琴，若空穴中吹过的风，声音不高，却极有穿透力。

啸声一落，他突然抬起头，当然还伏在余凌云腿上，歪头看着余凌云：“怎么回事，你抱着我干什么？”

余凌云立时面红耳赤，张开嘴却无法回答。

倒是文香机智：“下飞机后，你应该去查查有没有什么癫痫之类的病史，幸好这会儿救过来了，否则飞机紧急降落，航空公司多花紧急降落费用不说，旅客还会因为你耽搁大量时间。”

余凌云推开王啸台道：“坐到位子上吧，你太重了。”

他却依然赖着：“杀猪嚎嘛，能不重吗？”

乘务长拍了拍他：“好了，请自重，回位子上吧。”

他很不情愿地起来，坐到他的位子上。

刘屹这才收起拍摄，说：“这就是你不让加微信的报应。”

乘务长机敏地跟了一句：“难道王啸台先生不是病了，是有意的？”

刘屹说："我们霸王啸是公众人物，是全世界人民喜爱的网上明星，他的霸王啸以多种形式出现，带着表演，刚才的就是在飞机上的高空霸王啸，表演逼真，啸声奇特，我们应该祝贺！"

乘务长深深吸了一口气，强压下怒火，小声对余凌云说："好吧，正常工作吧。"

终于到达黄河市荥泽机场了，当余凌云等乘务员站在出舱口欢送旅客的时候，王啸台戴着墨镜走到余凌云面前，低了一下头，眼睛从眼镜框上看过去，盯着余凌云的眼睛好一会儿才走出机舱，朝余凌云招了招手。

余凌云礼貌地用她的上弦月式微笑对他说："欢迎下次乘坐我们的航班。"

王啸台摘下眼镜，微笑着说："我现在已经不在飞机上了，你们的条文约束不了我了，你能加我微信吗？"

"对不起。"余凌云依然礼貌地微笑着，"再见！"

刘屹本来提着箱子过来，见状放下箱子，气愤地冲向余凌云，被王啸台拉住了："走走。"

文香朝他们嗤了一下鼻子："还想向我凌云姐套近乎呢，我们什么样的人没见过，中国富豪榜前十名都坐过我们的飞机，人家那么大的业绩也都温文尔雅的，哪像你，满瓶不响，半瓶晃荡。"

余凌云温和地对文香笑笑："咱不说他们了，眼不见心不烦。"

然而，世界太小，一个礼拜以后，他们不得不再见面了，这是余凌云和文香怎么也没有想到的。

航空公司要举行开航 20 周年大庆，要请省内外名人参与庆贺，公司庆典办派于干事去请王啸台了，王啸台说了个很高的出场费，于干事为难，说公司是国企，不能拿这个费用。刘屹不客气地把于干事往门外赶："走走走，这些天活动多着呢，一分不拿还想请霸王啸？！"

于干事脸红了，刚张开嘴，王啸台却说了："除非让你们公司余凌云出面请我。我分文不取。”

于干事脸上立即现出了笑容：“余凌云是我们国际航班最漂亮的空姐，你眼睛也太毒了吧！”

余凌云刚从纽约飞回来，还没来得及补觉就接到这个任务，是乘务大队队长和于干事一起找她谈话的，她只好答应，当然面有难色。

大队长注意到她的表情，一问，才知道了加微信的事。

“这样吧，”大队长说，“我特批，加吧。”

“公司派车送你去请。”见余凌云点头，于干事立即又加了几句，“他那天说了，他在飞机上见到你，先是只觉得你漂亮，后来一直关注着你的一举一动，发现你的一颦一笑、一举手一投足，都完美无比，所以动了真心。他说他从来没有对一个女孩动过这么大的心思，这次动了，而且日思夜想。他没有玩弄女性的意思，就是想和你发展成互相信赖的朋友。”

“至于你们到底能不能成朋友，是你们自己的事情，但是请他来，是公司的任务。今天下午三点你到他的工作室，公司的车两点到你休息的乘务大楼。”大队长说。

余凌云抿了一下嘴，微微低了一下头，说：“不用公司派车了，我自己去。”说完加了一句：“我和文香一起去。”

“行。只要完成任务，带谁都可以。”

余凌云的儿时好友水旋风带着他的助理平头哥来荥泽机场接她，得知这一情况，水旋风看着余凌云：“去吧，既然是公司任务，就得完成，一个杀猪嘹能把我们余凌云弄走？我才不信！”

说完又对平头哥说：“你下午开车，见机行事。”

平头哥本不叫平头哥，因为他的胳膊上文着一种凶猛动物平头哥（蜜獾），所以大家往往忽略他的本名，只管叫他平头哥。他晃了晃胳膊，点头道：“哥你放心。”

王啸台的工作室在黄河大堤边上的一处院子里，余凌云怎么也没有想到，他们下午一到院子门口，院门就霍然开了，然后是刘屹小跑着迎过来：“快请快请，屋里坐。”

余凌云点点头，跟着他走向一座二层楼。文香跟在她后面，平头哥则不声不响地跟在文香后面。

刘屹把他们领进了会客厅，请他们在沙发上坐下，立即有服务员端来绿汪汪的茶水。

刘屹说：“这是霸王啸专门为你们选的明前毛尖，请用。”

文香问：“霸王啸，不不，王啸台呢？”

刘屹笑笑，很认真地笑笑：“本来说的是三点，他现在正劳动，三点准时到。”

高大的落地窗外面，是一片平地，一个人正举起镢头挖地，只穿了裤头背心，一身的汗和泥。

余凌云一惊：“这、这不是王啸台吗？他、他还……”

文香也发现了，碰碰余凌云的肩膀，悄声说：“他够用心的了，这是有意做给你看的，表演出劳动人民本色，不忘初心。”

“啊啊。”刘屹突然把窗帘拉住了，“外面是荒地，没什么好看的。”

屋里暗了，刘屹打开屋里的灯，是那种略显昏暗的灯，遂又打开了一组射灯，便照见墙上挂着的几幅大字，余凌云和文香自然看了过去。

文香皱了一下眉头，随口说了一句：“这谁写的字，好几个字都不认识。”

刘屹笑了，又用满面的笑容对着文香和余凌云，声音也很温和：“这是书法，龙飞凤舞，所以你不认识，但是这几个字你认识吧？”

文香点点头：“当然，这是凌云。”一愣：“这是我凌云姐的名字。”

余凌云抿了一下嘴，低下了头。

刘屹看着余凌云，声音稍稍提高了一点：“我霸王啸哥坐你们的航班一回来，就翻书查诗词，抄写了这三首诗，一首是李白的，一首是杜甫的，还有这一首，是刘克庄的。”

文香瞪了刘屹一眼：“你知道这是侵犯我们凌云姐的署名权不？”

“知、知道。”刘屹说，“但是这没办法，我啸哥心里就装着这两个字。”

余凌云端起茶杯，小小呷了一口，说：“好茶。”顿时把两人的注意力吸引到茶上。

三点整，王啸台推门进来了，一身朴素的衣服，脸上和头上还带着水汽，显然是刚刚洗过澡。一进来就朝余凌云走来，两只手握住余凌云的手：“感谢你如约而来，感谢你如约而来。”声音真诚而又谦恭。

余凌云脸上有淡淡的、不卑不亢的笑容，把请柬交给王啸台。

王啸台腰略微一弯，接过来，一看就表态，声音朗朗的：“没问题，我准时去。”说着朝墙上的书法看过去，伸手摸了一下脸，做出很不好意思的样子：“你看，你看，我的心思在你面前暴露无遗了，惭愧惭愧！”

文香接上了他的话：“你的心思我们明白，我问你，你知道余如梦不？”

“怎能不认识？他是我省著名的舞蹈艺术家，由于意外离开舞台，现是荥泽中学的舞蹈、体育老师。”王啸台看了一眼余凌云继续道，“余凌云和妹妹余凌霄，寄托着余如梦先生的期望，想让她们姐妹完成他未竟的事业，在事业上走向成功。”

余凌云忍不住抬头看着王啸台：“你……”

王啸台做出不好意思的样子：“爱屋及乌嘛。”

文香伸手点点桌子：“但是你知道余伯伯对余凌云和余凌霄的期望吗？不知道吧！他送凌云姐上大学时，送给凌云姐四个字：壮志凌云。”

王啸台立即应和：“我会尽一切努力，让余凌云‘壮志凌云’。”

文香利嘴如刀：“你怎么让她壮志凌云？”

王啸台立即来了精神：“我参加任何活动，都让她跟着，和我并肩，要不了几回，她就成了大名人。”

文香笑了：“说到底，你是想让她借你的光，做你的花瓶。”

“也……也不是花瓶，她、她本身就、就光芒四射的。”王啸台立即接上去。

“我姐不会借别人的光，一定会自己发热发光，壮志凌云，我再告诉你，我们在头等舱，几乎每天都能接触到国内外顶尖的名人名家，要学要成长，有方便条件，你就死了心吧。”

刘屹这时插话了：“想跟我啸哥交朋友的美女多了去了，我这是见到我哥唯一动心的，我哥一定会让凌云女士的壮志凌那个云。”

余凌云朝着王啸台微微一笑：“感谢你让我完成了任务，我不能就这样走了，想送你一个礼物。”

王啸台一脸兴奋：“谢谢谢谢，什么礼物？”

“你知道孙登吗？”

“不知道。”

“你应该去辉县苏门山拜谒一下孙登的啸台。魏晋时期，孙登就在苏门山上修行，他的啸声具有浓厚的文化底蕴，所以和竹林七贤的阮籍、嵇康都是好朋友，他们在山上山下对话，用的就是啸声。”

王啸台一脸茫然，却连连点头：“感谢指教，感谢指教！”

“我听了你的啸歌，确实不错，奇峰突起，很快在我国音乐界和广大网民中拥有一席之地，但是仔细听你的啸声，是胸腔音，也就是用胸腔在唱在啸。这样一来，虽然浑厚，但是有些音上不去，高潮顶不上去，所以建议你学一学秦腔的净的唱法，也有的把这种唱法叫黑头，这是用脑后发音的一种唱法，节省嗓子，而且穿透力强，可以连续唱几天而不累，而你现在的啸，两个小时能坚持下来吗？”

“如果连续啸，一个小时都坚持不下来。”

“这就是了，你学了秦腔的黑头唱法，就会大啸不止，而且啸的音域也会不断扩大。”

王啸台感激地说：“谢谢，太谢谢了，没想到你有这么渊博的知识。”

“我父亲本来可以成为一个大的舞蹈艺术家，但是飞来横祸让他改了行，所以把所有期望都寄托在我们两姐妹身上，他天天手不释卷，那才叫知识渊博。他希望我们成大才，做大事，壮志凌云，没有知识，怎么凌云？”

王啸台真诚地说：“我可以帮助你完成凌云壮志。”

余凌云微微一笑：“你先把你练习强大吧，互联网的名声，想一直保持，要有真正的深厚底蕴，你还差那么一点点，努力吧。”说着站起来，对着文香和平头哥说：“咱们走吧。”

王啸台赶紧站起来：“我还有很多话要对你说呢，我们这儿还有很多节目可以看呢，晚上的饭我已经叫人准备了，是刚刚从黄河里捞上来的野生大鲤鱼。”

“谢谢。”余凌云说着，离开桌子。

王啸台也站起来，小心翼翼地笑着：“能、能加个微信吗？”

余凌云只好拿出手机：“这是我们大队长特别批准的。”

加过微信，她拿过手机，见平头哥走到她跟前，就对王啸台介绍说：“这是我兄弟，平头哥。”

王啸台一愣，连忙与平头哥握手。

平头哥看着是轻轻握住王啸台的手，却让王啸台的手一下子疼得钻心，身子摇晃着缩到了桌子下面。

余凌云给了平头哥一个眼色，平头哥立即松开手。

王啸台甩着手送他们到院子，看着他们上了车，大声说了句：“再见！”手却还在甩着。

上了车，文香头朝后看了看王啸台，笑着对余凌云说：“凌云姐，他那手还甩着呢，我看这下会老实了。”

“但愿吧。”余凌云想了想又说，“能把一个啸发展成一种唱法，说明这个人也是个不到黄河不死心的货。”

还真被她说中了。

第二天上午，余凌云和文香刚刚补觉起来，正在洗漱，乘务长来到了她们宿舍，见凌云正在梳头，就歪着头看着她的头发：“哎哟，凌云，你这头发长得也有舞蹈气质呢！”

“看乘务长说的。”凌云笑了，“头发不是和你的一样？都是黑的。”

“大不一样呢。”乘务长说，“你的带着小卷。你说大卷吧，就成外国人了，就这个小卷，不显山不露水的，一下子就有了文艺范儿。”

余凌云用皮筋草草扎了个马尾：“乘务长请指示。”

“这次集团20周年大庆，需要你登台跳个舞，为咱们乘务组争光。”

余凌云觉得很突然，笑了：“乘务长开玩笑吧？”

“真的。”

“跳舞”两个字，如云雾中滑过的鸽哨一样震动了余凌云敏感的神经，这是她内心深处的疼，她低下了头，不看乘务长，然后吸了一口气，轻轻摇了摇头，说：“乘务长，你别让我丢丑了。”

乘务长笑了：“不是我让你丢丑，是有人点名要你和他合作。”

文香搭了个毛巾从浴室出来：“谁？肯定是王啸台那个二货。”

“就是他，在飞机上要赖的王啸台。”乘务长点点头，又朝凌云正充电的手机翘了翘下巴，“你的手机还没开吧，他已经把他的演唱草稿发到你微信上了。”

余凌云连忙打开手机，果然看到了王啸台的微信。

亲爱的凌云：

你把我的魂带走了。

在飞机上，我只是看到了你的美貌，让我一见倾心，而这次你来我工作室，你对我的业务指导真正让我认识了你，让我知道山外还有更大的山，我不敢奢望再继续追求你，但我想和你做永远的好朋友、知己。现在我的手还痛着，这是你弟弟对我的警告，感谢他这么及时这么刻骨铭心的警告。但是我不愿意失去你这样一个能够让我进步发展的好朋友，甚至是诤友，所以我创作了在你们集团20周年大庆上的演唱，名字叫《太行啸》，表现的是太行上的苍鹰，呼啸上天可揽月，流星入海可捉鳖，风雨成就了它的体魄，冰霜练就了它的胆识，我想让你编一段舞蹈，我们合作演出，你舞我唱。如蒙不弃，你编好舞后我去看一下，当面学习，一同探讨。如不方便，你编好后发给我学习，咱们舞台上见。

你的：王啸台

（霸王啸是我的网名，杀猪啸是网友取的别号，你叫哪个都行）

下面就是他演唱《太行啸》的视频。

余凌云看了，文香歪着头也看了，而且一句一句地读给了乘务长。

乘务长拍拍余凌云的肩膀："这小伙子倒真诚，不像在飞机上表现的那样。他可能不知道你在补觉，以为你不答应，所以给庆典办打了个电话，我来，就是庆典办安排的。"

余凌云点点头："明白，这就成任务了。"

"虽然是集团交给你的任务，但也是咱们乘务组的任务。"

"明白了，我先编一段，然后向我爸请教一下。"

舞倒是很快编好了，余凌云在会议室跳了一遍，文香很认真地横挑鼻子竖挑眼，余凌云接受了几条，又完整地跳了一遍，由文香录好视频，两人就去请教余凌云的父亲余如梦了。

余如梦曾是省歌舞团的著名舞蹈演员，他把一张陈旧的省歌舞团的海报过塑后挂在家里最显眼的地方。

那是余如梦年轻时的炽热状态，但谁也没有想到，就是这一次在省人民会堂庆祝国庆的演出，他往上的大跳跳得太高，落下来时没能站稳，重重地摔在舞台上。台下一片尖叫声，很多人跑到台上去抢救他。当时市委书记正在台下看演出，当即对歌舞团团长和陪同一起看演出的市委秘书长说，要千方百计抢救这一舞蹈人才，医疗费用由市财政支出。于是，市医院请了北京的大专家一起会诊手术，把本来应该彻底瘫痪的他治得可以下床行走，只是行动七八天，最多十天，就又站立不住，需要再躺七八天或者十天，才能再站起来行走，医学上叫这种腰椎病为间歇性瘫痪。这一病，让他即时感受到了人情冷暖：当他出院后回到歌舞团的宿舍，当年趋之若鹜的少女追求者们纷纷离他而去，只有古荥蚌泽中学校长的女儿、刚入校做老师的柳依依守在他的身边，而且在他面前一直微笑着，只有他不在时才悄悄流泪。就在这时，歌舞团办公室主任找到他，希望他办病退，以便腾出一个指标进新人。他流着泪答应了，主任走后他却失声痛哭。柳依依本是个细声细气的女子，听闻后突然大声骂歌舞团领导猪狗不如。最后，柳依依把他从歌舞团接到古荥镇，一遍一遍地请求当校长的父亲，让余如梦当个半工作状态的体育、舞蹈老师。父亲不敢答应，说这是假公济私，会毁了他一世清名。出于无奈，柳依依给市委书记写了一封信，她怎么也没有想到，书记把信批给了教育局，教育局立即安排余如梦到古荥蚌泽中学当老师，教育局局长还亲自到学校，和校长一起与余如梦谈话：“你的授课时间，按照你的身体情况安排。”领导说完，该余如梦表态了，余如梦却感动得说不出话来，他只能坐在床上，泪流满面地抽泣。一直到教育局局长向他告别，他才抬起头，哽咽着说：“啥叫组织关怀，这就叫组织关怀！”

舞蹈课很少，一个学期就那么十几节，而他曾经拥有那么多光环，被众星捧月了那么长时间……所以，在他的感觉里，生命跌入了低谷。

余如梦和柳依依结婚后，很快有了两个女儿，他的欢喜是不言而喻的，他一次又一次对柳依依说：“她俩就是我的太阳，她俩就是我的两个小太阳。”

这时候柳依依的校长父亲和当教师的母亲退休了，为了减轻女儿一家的负担，把小外孙女余凌霄接到他们那儿生活。

余如梦多么想让他的女儿余凌云和余凌霄成为他那样的舞蹈明星呀，所以一旦能够站立行走，他就不失时机地把二女儿也叫回来，争分夺秒地教两个女儿舞蹈，并且认为，两个女儿考上北京舞蹈学院是很轻松的事。

但他没想到的是，余凌云在高考中，专业考试，也就是舞蹈的分数并不高，和北京舞蹈学院的专业录取分数相去甚远。所幸的是，在第三批录取中，被航空学院空乘专业录取。

余如梦大失所望后，不但瘫卧期陡然提前，还很长一段时间都卧床不起。柳依依强装欢颜，在安慰他的同时，带余凌云到镇上著名的能人"水烟袋"那儿求卦。

水烟袋真名叫水乾坤，但这真名很少有人知道，他本人也习惯别人叫他的外号"水烟袋"。

水烟袋一见是余凌云，立即让人喊儿子水旋风回来，在水旋风还没有回来的时候，他就为余凌云母女沏好了茶，点上水烟抽了一口，然后说他早就为余凌云看过，她是"海底金"的命。

"海底金？"余凌云母亲柳依依惊讶地看着水烟袋，"那就是说，虽然是金子，但在海底压着，谁也见不了？"

"不！"水烟袋断然将烟袋往桌子上一搁，"不是见不了，是要靠发现，只要发现了，就是发光的金子！"

余凌云脸红了，小声嘀咕："一个空中乘务员，被人称为空姐，跟列车上的列车员一样，都是服务员。"

"服务员怎么了?！"水烟袋直直地盯着余凌云，"领导也是人民的公仆，公仆是啥？就是服务员！你跟领导都一样了，还有啥不好的？更重要的，你可不是一般的服务员，你是高高在上的空中服务员，你接触的都是高高在上的人，随时都有可能被发现，被高高在上的能人从海底捞出来，大放光彩！"

余凌云吸了一口气："必须是有人把我捞出来吗？"

“不一定。”水乾坤说，“你完全可以自己把自己捞出来，这就让主动权掌握在自己手里了，你的闪光点自己最清楚，知道哪里有力量，知道哪里闪光发亮。而且，自己也能把握海流，浮出水面，闪光出世，耀眼天下。”

水乾坤的儿子水旋风是余凌云的同班同学，他知道自己高考无望，就在高三的时候跟厨师学做壮馍。他父亲非常欣赏儿子有自知之明，他早就看出儿子不是能通过求学走向成功的人，而且，他知道儿子心里装着余凌云。

水旋风跟着学做壮馍的饭店就在他家不远处。一听说余凌云来了，水旋风赶紧洗手梳头打扮，完全满意后才紧张兮兮慌里慌张地跑回家。听见父亲和余凌云母女的对话，他即刻接上一句：“我早就发现你是海底的金子，我就是把你从海底捞出来的人。”

余凌云的脸一下子红了，又忍不住扑哧一声笑了，心想：“你连大学都考不上，还捞我？自信得过火了吧？”

也许就是因为“海底金”这三个字，还有父亲余如梦长期的教育和鼓励，余凌云在大学成绩非常出色，毕业后就顺利地被大海航空公司选中，直接进了国际航线。她一直记着水伯伯的预言，她坚信，靠别人捞是不行的，现在的人多忙呀！必须自己把握自己，把握海流，浮出水面，闪光出世，耀眼天下。

虽然没能如父亲和自己所愿考取大学舞蹈专业，成为一位舞蹈家，但余凌云并不灰心气馁，准备另辟蹊径的她一边在航空学院认真学习空乘专业知识，毕业后认真做着空姐，一边注重多方面的积累和实践。她先是钻研写作，认为很多作家都是如高尔基一样仅仅识字，只要有生活有恒心就能成功，但是那么多文章送到那么多报刊，都石沉大海；于是她转而投稿给网络，倒是好发表，但是每天的阅读量都在一百以内，说明自己的文章是不吸引人的；余凌云又想尽办法学人家流行网络写手，但是依然没有好的效果。余凌云便决定“弃文从乐”，开始学声乐，每天早晨五点起来练嗓子，有邻居开玩笑说自己不用上闹钟了，凌云开始吊嗓子，就是五点了。后来余如梦觉得差不多到火候了，就托了省歌舞团专攻演唱的老朋友给凌云把把脉，朋友竟直言不讳地说，凌云的声带太窄，不具备当歌手的先天条件。

当舞蹈、文学和音乐等梦想都经过努力和尝试并认定难以实现后，社会上突如其来地出现了共享单车。当看到一些小学生甚至不让父母接送，要骑共享单车自己上下学，余凌云立即意识到这些经济现象的出现靠的是智力和发现，发现这种机会的人必然有深厚的经济学基础，正所谓厚积薄发。希望自己也能成为一个这样有创新意识，能发现和把握机遇的人。

余凌云把她的想法给父亲说了以后，父亲躺在床上沉思良久，对余凌云说："爸爸认为你这个选择是对的，爸爸支持。"

一番话让余凌云有了信心，飞了两次西欧回来后，她对父亲说："最近又上了一个拼多多，特别火。这也是一种发现，爸爸，我已经迫不及待了，我也要做一个发现这样利人利己的经济机会的人，绝不能满足于在空姐的岗位上仅仅被人赞扬貌美如花，花是迟早要谢的，而经济学家是伟大的、对人类有贡献的。当然，我还不敢奢望成为经济学家，但决心学以致用，争取发现一个经济机会，像共享单车一样火遍全国。"

一旦下了决心，她的努力是别人想不到的，在这如花的年龄，她在飞行之外，整天把自己关在屋里学习。一个身材苗条的空姐，竟然把亚当·斯密的《国富论》啃完了，并且和文香举一反三地讨论，知道了什么是看不见的手，更体会到市场经济之中人人为己的推动力。之后又啃完了《看得见的手：我们从这次金融危机中学到了什么》，知道了在巨大经济问题到来的时候，政府这只看得见的手如何运作调整。为了增加实践知识，她与父亲、文香多次讨论后，在网上注册了一个期货账号。她认为目前英国在脱欧，甚至有硬脱欧的风险，印度、日本等也在和美国打贸易战，地缘政治造成的紧张局势必然导致股市下滑，而与此同时，黄金会上涨。于是，她决定小试牛刀，验证自己的学习成果。

在最近一次飞纽约前，凌云找到曾经当校长、现在已经退休的姥爷，借了十万元，这已经是姥爷一辈子积蓄的大部分了，她投这笔钱做了黄金期货。

带着录制好的舞蹈视频，余凌云准备向父亲请教。在从公司回家的路上，凌云打开手机看了一下，不出所料，自己买的黄金期货已经涨了一倍。

她微笑着把手机界面让文香看，文香惊得大张开嘴："真不得了，我也跟着你投吧。"

余凌云摇摇头："可不敢，这里面有杠杆，万一遇到利空行情，说不定这点钱几分钟就赔进去了，行话叫穿仓。"

"那……"文香晃动着手，"我再看一个礼拜，如果还是这么好，我一定投，绝不能手软，绝不能看着肥肉从嘴边溜走。"

余如梦这些天虽然精神特别好，但是阵发性腰椎病让他还是不能动弹，只能躺在床上。但是，余凌云一到学校宿舍楼下，他就听见了女儿熟悉的脚步声，待女儿一进门，他就兴奋地高声说道："看到没有？又大涨了，我跟你姥爷刚刚通过电话，你姥爷也高兴极了。"

余凌云匆匆来到余如梦的床跟前，给他调整了一下枕头："看把您高兴的！我这次回来，有事要请教啦。"

于是，父亲看了女儿的舞蹈录像，发自内心地赞许道："凌云，这段编得特别好，不用修改了，在这个活动上用过后，还可以在不同的场合用，甚至可以作为春节联欢晚会节目。"

得到父亲的肯定后，余凌云立即把视频发给了王啸台，并发了一句话："请指正。"

很快收到回复："真是太好了！什么叫珠联璧合，这就是珠联璧合。"

余凌云看了回复后笑着自语道："还不错，这回没有死乞白赖的，收敛了。”

文香嗤了一下鼻子：“这叫欲擒故纵，你可得防着他。”

然而，真正到了集团 20 周年大庆的下午，余凌云却没有心思防什么王啸台了。因为贸易谈判的双方代表通了电话，市场出现大量利好，几小时内，股票大涨，黄金大跌。余凌云的黄金，本已涨到 20 多万，却在几小时内穿仓，而且需要立即补仓 5 万元，否则将在期货交易所失去信誉，永远不能再交易。

余凌云的妆已经化好，魂不守舍地走向后台，看见王啸台朝她跑过来，她只是淡淡地握了一下手，说：“不说话了，我心里有事。”

“什么事？”王啸台一脸真诚，“人的事，钱的事，还是官司的事？”

余凌云摇摇头：“请你让我安静一会儿。”

文香悄悄附在她耳边说：“何不让他先帮助几万元？”

“不能。”余凌云摇摇头说，“他巴不得我向他借钱呢。”

王啸台知道有事，而且不小，就蹑手蹑脚地走到文香跟前，小声说：“我真的能帮忙，我大小是个名人，在黄河市，没有办不成的事。”

文香小声说了句谢谢，拿着舞鞋走到余凌云跟前，没想到余凌云突然咬了咬牙，坚定地说了一句：“补仓！”

文香急了：“还敢补吗？有杠杆呢，咱可不是富人，不能再赔了。难道向你爸借？那可是他的血汗钱和治病养老的钱啊！”

此时的余凌云，已经不是平日那种温文尔雅的样子，完全是一个两眼放光的战士，坚定地说：“补，我相信，黄金跌到这个时候，已经是低谷了，补！”

说完，她立即用手机微信向姥爷发出了请求，请姥爷再支持自己 3.1 万元，加上自己的工资 1.9 万元，凑够 5 万元，果断地补仓。

文香见凌云心意已决，也不便再多说什么，却在心里捏了把汗：“如果姥爷把这笔钱打来，可真是动了血本，再赔，就只有借钱补仓了。”

马上要上场了，姥爷的回复还没有来，余凌云直直地看着手机屏幕，直到上场都没有等来。

当王啸台挽着余凌云的手走向舞台中央，穿着燕尾服的王啸台向观众鞠躬的时候，文香胆战心惊地站在幕后“观战”，唯恐余凌云心不在焉地迟走一步，还好，余凌云一只脚朝前，一只脚在后，手扯裙裾，恰到好处地弯腰向大家行了礼。

好在余凌云有扎实的舞蹈基础，舞台之上，在王啸台一波三折的啸声中，余凌云的舞蹈配合得恰到好处。

舞蹈和演唱结束，主持人将王啸台和余凌云留在舞台上，赞扬说：“真是难得的表演，美好得天衣无缝，请问王啸台先生，你有什么想向观众说的吗？”

王啸台看了余凌云一眼，清了一下嗓子说：“这是我参与演艺以来难度最高的创作节目，录制了三遍，而在今天这个舞台上，我一口气完成了。”说到这里，他向余凌云摊了一下手：“是余凌云女士给了我勇气和力量，否则我不可能一口气完成得这么好！所以我要当着大家的面，谢谢余凌云女士。”

主持人转向余凌云：“余凌云女士，是这样吗？请你谈谈体会。”

虽然余凌云心里还是想着黄金，但她深深吸了一口气，先是礼貌地向王啸台欠了欠身子，算是回礼，然后对着话筒说：“在我们集团成立20周年的日子，我们集团的股票大涨32个点，在这样一个蒸蒸日上的单位里，我唯有做好自己的工作，才能对得起这个藏龙卧虎的伟大集团。”

第一章

不期而至的偶遇　水到渠成的邀约

这一次飞巴黎，余凌云是在极度的沉痛中度过的。

在集团公司20周年庆典演出上，接受完主持人的现场采访并做了精彩的回答后，余凌云快步走到幕后，她急于看到姥爷汇钱过来的短信。

王啸台也跟了过来。

庆典办于干事此时正在幕后等着，热情地伸手握住王啸台的手："太好了，非常感谢！"

王啸台微笑着，却没有看于干事，只是朝于干事摆了一下手，说："哈，下面我还有个活动，就此别过。"

"不不，咱们还有晚宴呢！"

"哈，那个……"一扬头，"实在抱歉。"王啸台又朝于干事摆了一下手，看了一下于干事，算是礼貌，然后看向余凌云，一下子变得很谦逊："余女士，到底有什么心事呢？我能有帮忙的荣幸吗？"

"谢谢。"余凌云友好地点点头，脸上却没有表情地说，"今天你的《太行啸》，是我听到的最好的啸声。"

"真的吗？"

余凌云点点头："谢谢你的盛情，确实不需要你的帮忙。"

然而，当她从文香手里接过手机，看到姥爷的回复后，她的身子一下子软了。

姥爷的回复是：

> 亲爱的凌云，我认为不需要补仓了，在经济领域，你进入一下，刻骨铭心地进入一下，就行了，这时候你收手，就叫断臂，断臂是惨痛的，是触及灵魂的，所以永远难忘！这就行了，你在现代最前沿的经济领域实践过了，下面再研究经济问题、做这方面的专家，就没有心理负担，能更纯粹、更理性地分析。所以，放下吧！

第二天就是飞巴黎的行程，水旋风送她上飞机的时候，小心翼翼地对她说："我听余伯伯说了，我觉得姥爷做得对。你想想，他如果把家里仅有的那点钱补进来，你做赚了当然好，可万一再赔了，姥爷和余伯伯心里一定是难以承受的。"他吸了一口气："更重要的，你要研究经济理论，希望寻找那个和共享单车、拼多多一样的经济机会，这需要宏观地考虑和观察思索，如果陷于具体的一只期货，容易被它左右。"说到这儿，他凑近余凌云："但是如果你真决定要补仓，我给你 5 万元。"

余凌云从水旋风手里接过空乘拉杆箱："不用了，我已经下定决心，不做了。"

但是，在走向飞机的时候，她的心里还是无比沉痛的。当乘务组的姐妹们向她祝贺，赞扬着她的演出时，她嘴上支应着，心里想的却是她的损失，她的黄金，她的期货，眼前时不时地浮现的是这一个交易日的 K 线图。

回程的时候，她的心情才稍有缓和。

她怎么也没有想到，自己会在回程的航班上遇到大经济学家苟国栋教授。

头等舱有十几位旅客。两个年轻男女坐在相邻的座位上，一直在小声说着什么，很亲昵的样子。一个中年男人在看厚厚一本书。其他人要么蒙住眼睛睡觉，要么一声不吭，这让余凌云心里舒缓了一些。

就在这时，中年男人右手摘掉宽大的玳瑁框眼镜，大拇指和食指捏住鼻梁，上下一揉，左手下意识地去配合右手，就把书丢开了。那本厚厚的书，掉在了机舱地面上。

文香听见声音，看见掉在地板上的书，下意识起身。余凌云一只手压在她的腿上，胳膊肘朝她拐了一下，脸上是无声的微笑，示意她先别管。

文香佩服余凌云能沉得住气，她注视着这个中年男人，心想他肯定会马上拾起来。那男人却没有去捡，还在揉他的眼睛。

文香忍不住又看了看这个中年男人，发现他一头黑发，额前却有一小撮白发，这让她感到奇怪，就又用胳膊肘碰碰余凌云："你看那一撮白发。"

余凌云抿着嘴笑了，不吭气。

飞机开始滑行，余凌云站起来，走到中年男人身边，弯腰捡起书，递给还在揉着眼睛的他："教授好，您的书。"

中年男人停止揉眼，玳瑁框眼镜重新落到了鼻梁上，身子往前一倾，很礼貌地接过，微笑着说："谢谢凌云。"

余凌云一惊，眼睛瞬间睁大，脸也一下子红起来："您，您怎么知道我的名字？"

"这是第二次乘坐你服务的航班了，上次飞巴黎的途中偶然听到，就一直记得。"中年男人意味深长地说道。

文香也顿时惊呆了，心想："我们乘务员知道乘客名字很正常，但她怎么知道他是教授？"又想："他见过一面就能叫出凌云的名字，说明很用了心思啊。"

从客舱里回来，文香一噘嘴，把余凌云堵住："老实交代，你怎么知道他是教授？"

余凌云看着文香说：“网上到处都是……”

“我没注意，大家都没有注意，怎么就你注意了？”

“半个月前咱们飞巴黎时，他也坐那位子。这一期《航空阅读》登了他的照片，我发现他和杂志上的照片一模一样，特别是那一撮白头发。”

文香的眼睛猛然睁大，小声地说：“你看他装得一本正经的，假装揉眼，其实就是想让你给他捡书！见了一次面，偶然听到你的名字竟然就念念不忘啊！”

余凌云满脸绯红，娇嗔地说道：“说什么呢你……”

文香小声地戏谑道：“哎呀呀，脸都红啦！”

没待余凌云回应，乘务长来了，她俩立即若无其事地整理东西。

接下来是乘务员一系列标准安全示范，乘务长在一旁讲解，她们站在客舱过道上示范，平时都是余凌云在中年男人那儿站，这次，余凌云有意让文香站在那儿。

示范活动结束，余凌云伸出手，打开最前面行李舱，把氧气面罩等道具放进去。文香注意到，那个中年男人一直盯着余凌云。

飞机起飞了，爬高大约半小时后，开始平飞。乘务员就要开始服务了。

准备送咖啡的时候，文香挤着余凌云，猛一伸头，声音很小：“刚才他一直盯着你看呢！”

余凌云脸又红了，拳头软软地打了文香一下。

乘务长微笑着走过来，小声问：“说什么呢？”

文香立即笑了：“没什么，我说她今天脸色发红！”

乘务长一看，立即伸手到余凌云额头上：“还好，不烧。”

余凌云脸更红了：“谢谢乘务长。”

乘务长一走，她狠狠地朝文香一噘嘴，拿起热毛巾盘子就往头等舱走去。文香微笑着瞪了她一眼，端着咖啡盘跟了过去。

苟国栋注意到她们来了，而他只关注余凌云，竟然毫不回避，直直地看着余凌云。

余凌云把热毛巾盘得体地托着，先从第一排开始，为客人发放。

苟国栋在第二排靠过道的位置，当余凌云走到他面前时，心就禁不住突突跳起来，脸也红了，而且感觉脸很热。她尽量让自己声音正常些，轻轻说：“请用热毛巾。”

苟国栋接过了，看着她的脸，声音不大也不小地说：“红霞很美。”

余凌云看着苟国栋，不知道他说的是什么意思。

文香正好跟在后面送咖啡，听到苟国栋的话，立即朝窗外一看，接了一句：“正在云层里，哪儿有红霞呀?！”

苟国栋朝向余凌云笑了，声音很小地说：“在凌云小姐的脸上。”

余凌云心里一阵悸动，除了得到异性赞美的欣喜，还有打心眼里的佩服，因为平时夸她美丽漂亮的人多了去了，但是像苟教授这样的赞美，她还是第一次听到，她禁不住在心里感叹：“果然是教授、学者，表扬人、赞美人都不落俗套，有情有景有画面。”

文香就在余凌云身边，自然也听到了，憋了一肚子的话想要跟凌云说，但她忍住了，一系列工作让她们暂时没有交流的机会。

这一忍，就忍过发放咖啡、乘客喝咖啡、她们收咖啡杯，所有的流程都忍完了，她已经憋得不行了，看见余凌云收拾着毛巾到前舱空乘服务区后，她立即跟过去，小声说：“他已经明显在勾引你了啊，你没发现吗？”

余凌云竖起食指挡在文香的嘴前，小声说：“人家是黄河商学院著名的经济学教授，可不能把人家当俗人！”

文香嘴巴张得很大：“你说他是苟国栋教授？我朋友上个月买股票，还是看了他的分析才买的，已经涨了一万多块！我本来也想跟着他的分析试一把，但你这在期货上一栽，我就不敢了。”她侧过身子朝苟国栋那儿看了一眼，“呀，真是！没想到那一撮白发白得如此耀眼！”自己先笑了，“你研究经济和试水期货，这不是瞌睡了来了个枕头？”

文香诡异地一笑，对凌云低声说道："要我说啊，既然他对你有意思，不能让他白白地有'意思'，咱得利用这个'意思'。"

余凌云疑惑地盯着文香："你……"

"你看这样啊，"文香说，"我朋友要买股票时，问他的客户经理，怎么判断哪一只股会赢利，人家就说了一句话。"

"什么话？"

"想赚钱，哪里弄，紧紧跟着苟国栋。"头往前一伸，"厉害吧！"

余凌云睁大的眼睛看着文香："所以他就赚了一万多？"

文香点点头："毫无疑问，他是喜欢你，喜欢没有错。很多人因为'喜欢'啥都愿意做，咱们得在这个时候抓住机会，让他教教你怎样当经济学家，最起码的，说说做哪个股票或者期货可以赚钱，咱们把那10万元损失赚回来。"

余凌云的脸突然不红了，甚至有点惊讶："文香，你怎么有这种想法?！"

"有点俗是吧？是的，咱们就是俗人，虽然飞行在一万多米高空，位置很高，但绝不是高人，是俗人，庸俗的俗人，俗人就得赚钱养活自己！"说到这里，文香还意味深长地看了看余凌云，"家里有生病的父亲和上学的妹妹，还要给姥爷还钱。"

文香一串话，声音不高，却直捣余凌云的痛处，她的眼皮垂下来，头也低了下来，咬了一下嘴唇。

是的，她在心里说："自己是俗人，虽然受过高等教育，依然是挣钱养家奋斗奔前程的俗人，不像那些含着金汤匙长大的富二代，更不像那些有权有势的人家的千金，自己就是一个残疾父亲的贤惠女儿，是姥爷手心里的宝，但是姥爷也就那么一点积蓄，纵然全部给你，也就十几万元。所以，在目前的社会，必须是有智慧的人想出有智慧的、有前瞻性的、利国利民的，甚至对经济有推动的点子，进而施行并推广，成为划时代的一件事情，成为一种经济文化现象。"

凌云瞥了一眼苟国栋，进一步在心里感叹：“人家苟国栋教授就是这样的人，不说满腹经纶吧，起码是满脑子智慧，别人听了他的话，就赚了一万元，那就是说，他的智慧给了别人，别人就赚钱了，那些在庄稼地里忙乎一年的老农，都不一定挣到一万元呢！而在当下社会，仅仅跟着一个智者，轻轻松松一出手就能赚一万。”

她深深吸了一口气，接着想：自己不是个笨人，也不是个懒人，应该是个聪明人，更是一个追求进步、有事业心的人。自己是可以不断地摸索寻求进步，达到自己的目标，但是，为何不在和苟国栋教授的接触中，从他的举手投足、音容笑貌中领悟经济的甚至是人生的大道理和小窍门呢？

凌云咬了一下牙，接着想：“人说近朱者赤，近墨者黑，有时候拨开乌云仅仅需要一缕风，照亮前路仅仅需要一道闪光！”

文香动肘碰了碰进入深思的余凌云，她为她一番话触动了余凌云而感到自豪，她小声说：“乘务长来了。”

余凌云赶紧挺了一下胸，看向乘务长。

乘务长压低声音对她们说：“刚才我在网上查了一下，第二排的那个苟国栋，就是大经济学家苟国栋，一定要服务好。”

余凌云点点头：“放心。”

文香凑了过来：“乘务长，我有一个想法。”

“说。”

“能不能让经济学家给咱机组签个名，最好留个言留个影之类的。”

乘务长想了想：“想法不错。这样吧，快落地的时候，我亲自去找他。”

乘务长说完便往后走去。文香朝乘务长白了一眼，转而对凌云说：“她去？她去根本不如你去！其实我好想好想让他给我签个名，或者跟他说几句话，就问问我买哪个股票能赚钱……但是空乘纪律严明，不能多此一举，否则会被罚下岗……”

余凌云也随之陷入了沉思："但愿，但愿乘务长让我去找他签名留言……"

文香却上了一下网，查了一下苟国栋的爱好，如获至宝地在心里感叹："绿茶，不就是绿茶吗？！"附在余凌云耳朵上说："苟国栋教授爱喝绿茶！"说完就去准备好了绿茶，想端过去的时候却又递给了余凌云，"人家要的是红袖添香，我跟在后面蹭蹭光。"

余凌云接过茶，却一噘嘴："人家没要嘛，咱能自作主张？"

"也是哈……"听凌云这么一说，文香也泄气了。

但是，在最后时刻，飞机一小时后就要落地，乘务长要去找苟国栋的时候，文香又准备好了一杯绿茶，给了乘务长："乘务长，您端上这个，可能有用。"

乘务长想了想，端了过去："苟教授，请用茶。"

苟国栋把目光从书上移开，揉了揉眼睛："谢谢，哎哟，绿茶，正是我喜欢的。"

乘务长一笑："您能乘坐我们航班，是我们的荣幸。教授，我们有一个想法，可以说吗？"

"噢，客气，请说吧。"

"想请您给我们乘务组或者机组留个言。"

"好啊。"苟国栋满口答应。

文香立即把留言本递了过去。

苟国栋却没有立即写，而是错过文香的身子朝外张望，正好看到在为一位老人整理毛毯的余凌云，便说："凌云，你过来，你说我写什么好呢？"

乘务长惊讶地回头看着余凌云，看到一抹红霞从她脸上瞬间飞起。

余凌云过去了，呼吸急促。

苟国栋看着她的脸："凌云，你说我写什么呢？"

余凌云真是一下子想不出来，她知道在这个时候，怎么说乘务长也不会责备，但她就是想不出什么奇妙的句子，只有更红了的脸，说：“你是大教授，你写什么都好。”

乘务长立即点头：“对对对，您随便写点什么都好。”

苟国栋一笑，在留言本上写下：

你们是万米高空上最美的红霞

苟国栋

春四月于万米高空

“太好了！”乘务长不由得提高了声音，弯腰从苟国栋手里接过，“太珍贵了！”

文香：“不愧是教授，嘴里有金句。”

苟国栋却看着余凌云：“我的灵感来自凌云。”

余凌云一下子感到呼吸重了，这让她太激动了。

乘务长看看苟国栋又看看余凌云，嘿嘿一笑：“能激发苟教授的灵感，也是荣幸啊！是不是呀凌云……”

余凌云发现了乘务长的眼神，那是疑问的、若有所思的，甚至是责备的，所以她连忙礼节性地朝苟国栋点点头，说了声：“教授谬赞了。”转身对乘务长说：“那儿要毛巾，我去了。”顺势走开。

但是飞机着陆，飞行结束后，她必须在机舱口欢送。

下飞机的时候，苟国栋本已走出舱门，却又回过头，对余凌云说：“凌云，你过来一下。”

余凌云的脸涨红了，快步走到他跟前，笑了一下，是她特有的上弦月式的微笑。

苟国栋说：“明天下午，我在黄河市体育馆作演讲报告，你能去吗？”

她一惊，立即反应过来：“在哪儿买票呢？”

“不用，你两点到门口，报你名字，自然有人接待。”

“噢。”她应声后没再吭气，只是点点头，看着苟国栋转过身，走上通往航站楼的廊桥。

水旋风又来送壮馍了。余凌云每回从海外飞回来，不管多晚，水旋风都会在机场候机大厅等她，给她送上他亲自做的壮馍，然后开车送她到乘务大楼休息。

水旋风非常感谢荥泽中学校长，感谢他把受伤的大舞蹈演员余如梦请到学校当舞蹈老师。余老师来了，才会有和校长女儿柳依依的爱情，才会有余凌云和余凌霄两个女儿，才会有他对余凌云的一见钟情。

许多人都劝他，人家是空中小姐，你什么都不是，一个做壮馍的，就是一个厨师，怎么追求人家，这不是癞蛤蟆想吃天鹅肉吗？但他不这么认为。

水旋风每次来接机，都有一种自豪感，他喜欢看乘务长领着她们一行乘务员，穿着一样的空姐制服，迈着英姿飒爽的步子，高跟鞋嗒嗒嗒地敲击着候机大厅光滑的大理石地面鱼贯而过。他总在门口灯光稍微暗一些的地方等待，注视着这一行空姐中最耀眼的余凌云。想到她马上就会上他的车、吃他送上的壮馍，他的心就痒痒的。虽然经常是半夜回来，但他很幸福，等待本身就是很幸福的事情。

但这幸福的事情并非一帆风顺。

他第一次来接机，余凌云不理他。

那是一个大清早，飞了一晚上的余凌云和乘务员排着队，跟着乘务长走进候机大厅，他一下就看见了余凌云高挑的身影。他希望余凌云也能看见他，并露出惊喜的表情，所以他站在了灯光最亮的地方。他分明看见余凌云朝这里看来，但她一副若无其事的样子，依然跟着队伍，嗒嗒嗒地走出候机大厅，钻进了接送乘务员的交通车。

他不得不大叫：“余凌云！”

余凌云没有理他，似乎没听见。

他跑了过去，到交通车门前时看见余凌云刚刚坐上座椅，便又用他平时叫得最亲切的名字喊：“凌云！”

同事们都注意到了，余凌云才不得不看着他，冷冷地说：“噢，水旋风，有事吗？”

“我来给你送壮馍！”他不失时机地把兜里的壮馍拿出来，递了过去。

余凌云没有接，依然冷冷地对他说：“谢谢你，我不饿。”然后对司机说：“开车吧。”

水旋风眼看壮馍送不上，就跳到了车上。

车开了，水旋风身子本能地一闪，差点摔倒，连忙扶住椅子背，把壮馍递给余凌云。

余凌云一脸通红，咬着嘴唇：“你……你怎么能……”

他觍着脸对大家说：“这是我妹妹，飞行前我们吵了两句嘴。这不，还没消气呢！”

车上只剩四个空姐，文香就是其中一个。文香吸了一下鼻子：“这壮馍味道好香呀。”

水旋风立即给她递去一个，又给其他人分发，然后对余凌云说：“你看你看，大家都要了，你得给你哥这个面子嘛。”

文香咬了一口，嚼着说：“真香呀！凌云她哥呀，你能每次来给我们送壮馍就好了，飞机餐真难吃。”

余凌云只好接过了壮馍，却没有吃。

他小心翼翼地说：“吃嘛，趁热。”

到了乘务大楼，水旋风看着余凌云下车，连忙跟过去。“包包给我，你飞了一晚上，怪累的。”

余凌云再也忍不住了，平日腼腆的她从来没出过那么大的声：“你不要跟来！”

文香也下了车，给水旋风打招呼。他立即回应：“下次回来，我还给你们送壮馍。”

余凌云狠狠瞪了他一眼，说：“你回去，再也不要来！”

他笑着点点头：“好好好，我走了。”

但是，每次她飞行回来，他都在候机大厅等着，每次都拿着壮馍。队伍解散后，余凌云总不到他那儿去，乘务员们却一个个飞奔过去。等大家领了自己的壮馍，都欢天喜地地走了，水旋风才走过去送给她。

开始时她生气，小声跺脚，小声说狠话，但他不在意。

慢慢地，成了习惯，他不用去灯光明亮处，大家也能发现他，余凌云当然更能发现他。

慢慢地，他不让余凌云坐交通车，改坐他的汽车。余凌云从来没说过同意，但也就坐了。

慢慢地，大家知道他不是她哥，是她的追求者，大家也就默认了。

……

这次远远地，他就发现余凌云心事重重。

平时一上车，她就开始吃壮馍，但是这次，她把馍在手里拿着，若有所思。

“快吃吧。”他说，“趁热。”

她这才咬了一口。

“明天是你爸生日，你带礼物回来没有？”

“带了。”

“什么礼物？”

“法国舞蹈家弗朗西斯的签名版光盘。”

“太高级了，明天你亲自放，我把我家的光碟机搬来。”

她突然抬起头：“我明天下午要去参加一个大会。”

“咱们上午为你爸庆生，然后我送你。”

“不了。”她连忙说，“这是一次重要会议，我必须做好准备。”

“那……”他沉吟了一下，“也好，光盘给我。”

他接过光盘问：“在哪儿开会？”

她犹豫了一下，还是说了：“市体育场。”

水旋风捏着光盘，他想，要追一个心上人，不能放过任何一点蛛丝马迹，便说：“我以为开会只在会议室里，没想到是在体育场。是听报告吧？”

余凌云应付地回答，也是礼貌性的：“嗯。”

水旋风紧追不舍，头歪了一下，脸上尽是笑：“谁的？”

余凌云不想说，但是体育馆都说了，只要一查就能查到，所以只好继续回答：“苟国栋的。”

“啊！”水旋风一惊，“苟国栋，是我崇拜的经济学家。你不是在研究经济吗？不是正好对上口了？我能去吗？”

她当然不想让他去，连忙说：“别，没有票了。”

水旋风却晃晃手：“没事没事，我买一张黄牛的。”

“不！”她连连摇头，她心里的反感达到了顶点，但是他毕竟是她从小到大的朋友，而且，心肠特别好，人也大气，所以她万般无奈，只是提高了声音：“你千万别去。”

“噢——”他若有所思，看了看她的眼睛，便温和地应了一声，“到了，我送你上去吧？”

她赶紧下车，连连摆手：“不用了，你回去休息吧。”

他笑着，依然是那种真诚的笑：“那好，我走了。”

水旋风却把油门踩得很轻，车就起步很慢，他在这缓缓前进中看着余凌云，直到她转身向大楼走了很远，他才加大油门，车速立即快了起来。

余凌云虽然背对着水旋风的车，但她眼睛的余光一直关注着他，看到他的车速度快了，她才长出了一口气。

汽车开出没多远却又停下了，水旋风目送着她的背影进了大楼，深深地吸了一口气，在方向盘上拍了一下。

第三章

朴实无华的壮馍　艳惊四座的演讲

父亲当年时好时坏的身体，成了荥泽中学教职工家小朋友们的笑柄。教职工子弟只有十几个，但这十几个从小在一起玩的孩子，往往会影响一个人的一生。

父亲犯病的时候坐在轮椅上，小朋友们就说他靠发条生活，上了发条就能跑能跳，没上发条就不能动弹。于是，一旦父亲坐上轮椅，小朋友们就朝余凌云喊："上发条！上发条！给你爸爸上发条！"

余凌云很压抑。所以，父亲好的时候她很高兴，不能走的时候她就不想让父亲坐轮椅出门。但母亲坚持把父亲推到有阳光的地方晒太阳，让父亲增强钙质。

一边是父亲母亲，一边是小朋友，余凌云从小就处在两难境地。因此，她从小养成了寡言少语的性格。

上了中学以后，一个同学的出现，让那些从幼儿园一直到中学的朋友都不敢再奚落她。那个同学就是水旋风。

水旋风学习成绩极差，留了两级，跟余凌云同班了。有近一年时间，他几乎没有跟余凌云说过话。

后来，有一个女同学上舞蹈课时对另一个同学说了一声："发条走来了，今天上足了劲儿。"水旋风怒吼着冲过去，吓得那个女同学兔子一般逃跑，后来跑不动了就向他求饶。

“是不是胡说？”

女同学抽泣着说：“是。”

“你自己打自己的嘴巴，十下。”

女同学哭着开始打，虽然软软地打，还是疼。

这时候余如梦带着同学们跑了过来，大喊着让女同学停下。女同学却不敢，看着水旋风。水旋风朝她吼：“老师都说了，你还不听？”

女同学这才起来，立即跑得离他远远的。

水旋风站在那里，任凭余如梦批评。后来罚他站操场，他也很高兴地接受了。

余凌云左右为难，只好任凭他站在那里。在舞蹈课结束后，她跑到水旋风跟前，声音弱弱地说：“下课了，别站了。”

他笑了，高兴地说：“放心，从今天起，谁再敢欺负你，我就让他跟这个女同学一样。”

他们的第一次对话就是这样完成的，余凌云对水旋风的深刻印象也是这时候形成的。

余凌云从小到大都是一个能放下任何事倒头就睡的角色。那天，余凌云大睡醒来，发现已经十二点零三分。她急了，脸都没来得及洗就冲下楼。如果能打到车时间还来得及，否则就麻烦了。

然而一下楼，她发现水旋风在楼下站着，脸上尽是笑：“睡醒了？看睡得多香，脸蛋红扑扑的。”

她舒了一口气：“我没想到你会来，想着你给我爸爸过生日呢。”

“我掐着时间赶来的。上车，我给你带了蛋糕。”

上了车，她从他手里接过蛋糕：“又是你买的吧？”

“你妈说她买，我说不行，你从法国给他带来蛋糕，但是你有大事情去不成，就让我替你送蛋糕和签名光盘。”

“你……”她虽然很高兴，又想批评他弄虚作假。

“你不用担心，咱们黄河市，就没有做这种蛋糕的，我让后厨做的，上面还用果酱写上法语：生日快乐。”

眼看就到市体育场了，水旋风回头说：“感谢你提供今天演讲的信息。我让后厨研究出了麻辣壮馍。苟国栋教授有一句名言：市场就像麻辣菜，越麻越辣越有胃口。我让店里在体育馆外面摆了五个摊位，每一个摊位打个横幅，就写这句名言。”

余凌云心里一动，随口说道：“你还真是一个做市场的好料！”

水旋风摸摸头，被表扬弄得不好意思：“生意嘛，看的是时机，一错过，步步赶不上。”

水旋风车开得快，提前五十分钟到达市体育场门口。余凌云却没下车，她担心去得太早苟国栋没到。如果下车在外面转悠，万一苟国栋看见了，会觉得她太重视这个事情，所以只有坐在车里。正好起床迟了又出门匆忙，可以在车里化化妆，但她又不想和水旋风待在一起。

余凌云灵机一动说：“你不是有壮馍摊吗？去吧，我在车里等着，正好化化妆，时间快到时我自己去。”

“你放心吧，我有一个团队，光靠我自己，能做几个壮馍？我指挥就行，我爸还夸我指挥有方，能号令三军呢！”

余凌云再无话好说，便自顾自地化起妆来，水旋风则守在一旁，跟她说了这几年自己做壮馍的情况，很委婉，但她一听就知道水旋风已经小有成就了，一年赚个百把万没有问题。

她应和了一句：“比我做空姐强多了。”

水旋风说：“说到哪儿，我都只是个卖馍的，而你上天入云、行走世界。我们真是一个在天上，一个在地下。”

余凌云后来果然看见几个门口都有卖壮馍的，一个个都朝水旋风打招呼。买的人很多，排着很长的队，而平时很热闹的煎饼馃子摊则无人问津。

她不禁想：“水旋风这家伙，鬼得很啊！”

眼看时间差不多了，余凌云准备下车，开车门前她转身对水旋风说：“差不多了，我要进去了。求你饶了我，千万别跟着我了。”

水旋风笑笑，说：“好好好，到此为止。”

水旋风的车渐行渐远，余凌云则陷入了沉思：体育场外，水旋风，卖壮馍的；体育场内，苟国栋，经济学家，在万人体育场指点别人挣钱的经济学家，神采飞扬的演讲……一个天上，一个地下，这反差……

就在这时，一个穿着西装的小伙子朝她迎过来，一脸标准的微笑，说：“您是余凌云女士吧？我是市政府办公室派来接待您的，请。”随即朝里面一伸手。

这时候进场的人排了好长好长的队，穿西装的小伙子领着她从一个小门进去，拐了一个弯，来到一个豪华门庭。推开门，便见苟国栋正和青年干部说话，他们旁边是市电视台著名主持人钱亭亭，钱亭亭正在一边默默地念着台词。他们旁边，两个穿着旗袍的年轻女服务员亭亭玉立，随时准备伸手侍应。而他们面前，摆着多种饮料，还有水蜜桃、蓝莓、车厘子、奇异果、草莓等新鲜水果。

两个女服务员对她弯腰行礼说：“感谢光临，请坐。”

苟国栋这才注意到她，立即站起来。

她的脸一下飞起红云，赶紧和教授握手。

教授转身对余凌云和青年干部介绍说：“这是我的助理余凌云，这是黄河市政府曲秘书长。”

曲秘书长立即和她握手：“请坐请坐。”

待余凌云坐定，秘书长向苟国栋解释，本来主管副市长也要前来出席的，因为临时有一个外宾接待任务，结束之后还要和外宾签合同，所以没能参加演讲活动，但主管副市长安排了稍后与苟国栋一起吃饭，最后问苟国栋：“吃饭时您带几个人？我好安排。”

“就——”苟国栋朝余凌云一伸手，“就带我的助理一个。”

“好的。”秘书长一边说着，一边站起来，“我出去打电话安排一下。”

趁秘书长出去打电话，余凌云立即朝苟国栋斜了一下身子，小声而疑惑地说：“您说，我是您的……”

苟国栋扶了一下眼镜说：“是我的助理。”

“我……”余凌云胆怯地说，“我怎么能做您的助理？”

“助理干什么？就是协助我。第一，协助我把笔记本电脑拿到演讲台上，会有人带你去。放下电脑后，你就坐到体育馆贵宾席的第一排。第二，演讲过程中，我把眼镜放到台子上的时候，你到我身边来一下，我会给你交代事项。本来还要给我操作电脑，在演讲时把图片发到大屏幕上，但今天来不及了，我自己操作。”

那个西装革履的小伙子进屋，对余凌云笑着说：“请吧，余助理。”

余凌云看了看苟国栋，苟国栋侧头看了看他的电脑包，手朝包上伸了一下。她小心翼翼地把包提起来，跟着小伙子走进会场。到了贵宾席，她坐在一个放着字条的椅子上，字条上写了五个字：苟教授助理。

她有点激动，但还是清醒的。苟国栋这么重视她，并不是知道她已经在钻研经济学，而是因为她的美貌。“从美好的方面想，他用我，是装点他的脸面；但从不好的方面说，他可能有非分之想，这当然不行，要时刻防范。但参与他的活动是千载难逢的好机会，过去的小学徒，就是这样跟着师傅一天天从扫地开始学习，最后得了真传。能不能得到苟国栋的真传不说，但最起码，我可以不断出现在经济学领域的最前沿，识水性了，渐渐地，自己就可能悟出一些门道。”

余凌云正在心里感叹着，却闻见不远处飘来的壮馍的味道。味道是那样熟悉，不知不觉地，她的口里多了津液。转念一想，真是俗气。又一想，水旋风的俗不可耐也是生存之道，抓住一切机会经营自己的产品，这也是经济现象。这样的人也许成不了大人物，但过日子很踏实，进账很稳定。

在电视台主持人钱亭亭富有煽动性的开场辞中，苟国栋和市政府秘书长在观众们热烈的呼喊声中出场了。

秘书长给大家摆了几下手，大家才停止。

第一个议程是秘书长致辞。秘书长微笑着轻轻拍了拍麦克风，开始了他的开场白："现在是经济社会，是一个人人都想富裕的社会。但是，盲目的人是富不了的，只有眼睛雪亮的人才能好好地赚钱，而能够擦亮我们眼睛的人，今天我们有幸请到了，他是谁呢？"

"苟国栋！"场下观众报以兴奋热烈的回应。

"大家说对了，下面，就有请我国著名经济学家、黄河商学院教授苟国栋演讲！"

秘书长话音一落，场下爆发出一阵阵热浪般震耳的掌声。

面对这么大的场合，苟国栋却镇定自若，只见他不紧不慢地走到演讲台前，然后半举起右手，朝人们招了一下手，声音很富有磁性地说："大家下午好！"

场下的掌声更加热烈了。余凌云也禁不住使劲鼓起掌来。她没想到苟国栋的演讲会有这么火爆的场面，而苟国栋登台时泰然自若的大家风度也让她眼前一亮："果然是大家风采，知识就是力量、尊重和财富，今天不虚此行啊！"

"我今天给大家讲一下资本的力量。我先说一个人的名字，波音。大家出门坐飞机，几乎都坐过波音飞机，这飞机为什么这样叫呢？波音是一个有钱的美国人。开初他想做飞机制造的时候，请的工程师是一个特别精通飞机制造的中国人后裔王助，但是这个王助不愿意跟他干，他要回到中国，给中国人制造飞机。"

说到这里他顿了一下，身子往后一仰，扶了一下眼镜。场上有议论声，这是他要的效果。

"这个王助回到中国，四处奔走，寻找能帮助他制造飞机的人，或者说能够出钱让他制造飞机的人。但是他很失望，因为中国官方不了解他，也顾不上了解他，这时候袁世凯刚刚称帝，蔡锷等开始北伐。北伐开始，中国大乱，随着就是北洋政府走马灯似的换总统，谁能顾得上出钱制造飞机呢？官方不行，他就寻找有钱人，当时中国的有钱人大都是地主，多大的地主也没有能够制造飞机的实力。这就是说，光有技术不行，得有资本，没有资本，纵然是天才，也一事无成。”

说到这里，苟国栋停了一下，他叹一口气，才说：“而在美国，在波音那儿，一个王助走了，还会有另一个王助，资本家波音只要再找一个或者一批会技术的工程师就行。于是，波音又高薪聘请了新的工程师，非常顺利地制造出了飞机。先是运输人和物的，然后是运炸弹的。在‘二战’期间，波音制造的飞机每天都从工厂发出，交付军方。‘二战’的胜利，波音贡献巨大。不能不说的是，轰炸德国和日本的飞机，都是波音的 B–29 飞机，往日本扔那两颗原子弹的飞机，就是波音公司的 B–29 重型轰炸机。咱们整天说的 B–52 战略轰炸机，是波音的，美国飞上太空的航天飞机，也是波音的。波音只是个资本家，出钱办事，出钱赚钱。不但波音本人赚了，参股的人也赚了。懂得技术的、非常精明的制造飞机的人还要感谢他，因为他给了他们就业机会，他让他们也占了股份，让他们发了财，成为波音的股东。全世界无数买了波音股票的人，也跟着赚了钱。大家都感谢波音公司的时候，其实感谢的不是飞机制造技术，而是资本，是一个叫波音的出资人。”

说到这里他又停了一下，身子朝后一仰，头朝前一勾，然后把眼镜取下来，放到桌子上。

余凌云立即站起来，从条桌一侧出去，刚要朝苟国栋走去，西装革履的小伙子立即走过来，递给她一个白色小盘，上面放着热毛巾。然后，她迈着空姐训练有素的步子，走向演讲台，把热毛巾往桌子上一放。

其时水旋风已经进到体育场了，他早已买票，他有意买到最角落的地方。他不知道余凌云具体会坐在哪里，但他知道是好位置，所以他就买到离贵宾台最远、台上人看不到的地方。

他没想到余凌云竟然到了中心位置，竟然直接给苟国栋服务。他几乎了解余凌云除了飞行以外的所有行动，在这些行动中绝无苟国栋的身影。那么，她是怎么和苟国栋接触上的？苟国栋为何对她如此器重？

当然，后面的演讲他根本没有听进去，他在琢磨这一段时间余凌云的异常情况。

就昨天！他一下子明白，就是昨天她有了变化。她在巴黎给父亲买了生日礼物，说明从巴黎回来的时候，还是想着给父亲过生日的，那么，就只有在回来的路上。

“肯定是在回来的飞机上，苟国栋对凌云起了非分之心。凌云是这个航班上最出色的乘务员，甚至是整个大海航空最优秀的乘务员，他看上凌云、被她吸引是很自然的事情，但是这种‘大人物’往往是猎艳高手，绝不可能起真心、用真情！问题是凌云从来没见过如此阵仗，这样的大人物对她示好，她只会受宠若惊，不可能拒绝。她一下子还不会发现这贼人对她起贼心，只会觉得他厉害，只会佩服和感动，因为她正巧在钻研经济学，正在寻找机会，所以容易被他左右……这种老东西都是老狐狸，他们只会在女孩子被感动并投入真感情后才露出真面目！眼下怎么办呢？”

越想越严重，水旋风立即给凌云发了短信：

凌云，应该四点半就结束了，我在体育场门口等你。这时候回家还可以跟老寿星一起吃个晚饭，顺便当着他的面，你亲自给他放一下大舞蹈家的签名光盘。

这条信息立即到了余凌云手机上。她拿出来看了看，随即把手机装起来，继续听苟国栋演讲。

“资本是没有感情的，资本是冷的，资本的走向就是用钱赚钱，不能亏本，所以你不要妄想资本家会发善心，会撒钱给大家，会救助穷人。越是穷的人越不会救助，越是富的人越会给钱，因为富人的资本结合起来能做更大的事。我们都知道咱们一个地产商给了一个做电器的名人五个亿，连考察都不用考察，为什么？因为人家做的事就是大事，运作的都是赚钱的，给这些人投，不会赔，只会赚，而且省心。一般人根本不会理解为什么在发达资本主义国家，特别是美国，不到百分之一的人占有着社会上百分之九十的财富。有了钱，什么都能做成，甚至可以直接参选美国总统，穷人连这样的梦都不敢做。”

说到这里，苟国栋又顿了一下，声音很浑厚地说：“但大家千万不要恨资本，要懂得利用。”

演讲结束时，掌声雷动。苟国栋站起来，双手半弯曲着朝前一伸。就这半弯曲，便有了风度，不张扬但有范儿。秘书长上台，站在苟国栋身边讲了一番套话。

余凌云对秘书长的套话充耳不闻，依然沉浸在苟国栋精彩的演讲和一举手一投足的翩翩风采中。她感叹自己第一次听这么生动而又深刻的经济学演讲，自己以前学的经济学知识都是死知识，而这些知识在苟国栋教授这里，活了、生动了、有根了，能开花结果。

这样想着，她把教授演讲所用的笔记本电脑关机收好，跟在苟国栋后面走向了贵宾室。

突然想起水旋风的信息。确实，这时候赶回家，还能和父亲一起吃个晚饭，她知道这是父亲的心愿。但她同样想和苟国栋多待一会儿。

秘书长对苟国栋说：“教授，您今天的演讲太精彩了，我一直认真听着，真是受益匪浅。咱们先去贵宾室稍事休息，然后移步黄河饭店与副市长共进晚宴吧……”

苟国栋点点头，并示意让余凌云跟着。

就在苟国栋、秘书长、余凌云一行人在贵宾室礼节性交谈时，体育场原本拥挤的人流渐渐散去了，水旋风一直盯着贵宾室。终于，他们出来了，先是苟国栋，然后是余凌云。余凌云手里还拿着一个电脑包。一行人登上一辆早已恭候的公务车。

水旋风立即转身出来，走向自己的车，平头哥已在车里待命，二人驱车直追前面载着余凌云的公务车。

好在路上堵车，公务车一会儿就被平头哥撵上了。车走得慢，眼看快六点了，才到达黄河饭店。

水旋风清楚地看见苟国栋下了车，余凌云拿着电脑包紧随其后，她举手投足都很得体，这让苟国栋很满意。

“副市长已经到了，苟教授这边请。”秘书长一边伸手引路一边说道。

水旋风没有下车，他不想在这个时候让余凌云看见，引起她的尴尬。

水旋风给平头哥下令，让他在宴会楼层守着，他们一吃完出来，就迎上前去说自己是凌云的兄弟，家里有急事，借一步说句话，然后让她推掉后面的应酬。

平头哥点点头，一转眼进了楼。

平头哥从小就没了父母，经常在街上流浪，一句话说错了就会挨打，所以别人说完话让他回答时，他总是晚半拍，在心里琢磨自己的话，拿准了才敢说出。是水旋风的父亲水烟袋收养了他，所以他和水旋风如亲兄弟一般。水旋风学习不好，他更不好，常常是他做最后一名，水旋风倒数第二。有回水旋风成倒数第一了，他急得在自己脸上扇了一下，说：“我怎么能跑到我哥头上呢？”

后来，他跟着街上一个剃头的学武艺，每天早晨练习拳脚。水旋风家后院的两棵苦楝树，都被他练拳打脱了皮。

武功在身以后，他还是过去的样子，一般不说话，见到他时他都是一副随时准备冲锋陷阵的样子。平头哥本名叫闫明亮，因为人们几乎听不到他说话，而他的胳膊上有一只平头哥刺青，平头哥是蜜獾的俗称，这动物凶猛异常，所以人们干脆都叫他平头哥。

持续了大概两个小时，晚宴终于结束了。得知余凌云今天把父亲的生日暂时放在一边而来为自己服务，临别时苟国栋特意对余凌云说：“非常感谢，你做得非常好，希望我们以后的合作更加愉快。”目光中隐约藏着某种不可言说的深意。

余凌云微笑着，“今天能有这样的机会，对我来说非常珍贵，感谢您的信任。希望后会有期。”说罢，余凌云又一一与副市长、秘书长道别。

余凌云已经收到了水旋风的信息：“你吃完后，我送你，我就在楼下。咱们一起回家。”

余凌云看着短信，心里一下子非常沉重。

水旋风这么多年的穷追不舍，她是傻子也会明白水旋风的意思。上中学时她还是很高兴的，因为能有一个大哥出面保护她，使她在学校里不受欺负。当她从学院毕业，去大海航空上班以后，水旋风谢顶了，头上光秃的那一块她实在看不惯，她更害怕同事们看到他的样子进而看不起她。父亲致残让她一直被人看不起，如果再有一个谢顶的男朋友，自己什么时候才能跳出一言难尽的窘境?!

但是，他确实是个难得的好男人，体贴入微，知冷知热。现在哪儿还有这样的男人呢？“苟国栋能像他这样对我吗？现在看，苟国栋对我当助理非常满意，但是能保证长久吗？以他的年龄应该早就结婚，甚至有了孩子，那么，他这么殷勤，是什么目的？”

她立即打开手机，查了一下苟国栋的家庭情况。没有查出个究竟，只有他的成就、他支持的股票，还有跟着他跑的网民。

刚一出宴会厅的大门，平头哥就从过道一边闪出来。一说话，声音巨大震人：“凌云，我在这儿呢！”

第四章

大人物的神秘史　美少女的小九九

一上车，余凌云就看见水旋风光秃的头顶和一双明亮的眼睛。

水旋风笑着说：“忙完了？”

余凌云下楼的时候就想好了，不能让水旋风像个特务一样整日这样跟着她，弄得自己一点个人空间都没有。

“水旋风，我想跟你说点事儿。”

“我知道。”水旋风笑了，“我就一直在想呢，你怎么还不问。”

“问啥呢？”

“问我怎么知道你和市领导去吃饭，而且，连吃饭的地方都知道。”

余凌云只好顺着说：“是啊，你怎么能这样穷追不舍呢？”

“我能不穷追不舍吗？我从上中学开始就一直像跟屁虫一样地护着保着热乎着的女神，我能让她转眼间被一个头上有一撮白头发的苟国栋比得没地方吗？”

“水旋风，你怎么能这样说呢？”

“嘻嘻。”水旋风笑了一下，他会掌握分寸，绝不能让余凌云心理上受到伤害，所以他先笑一下，然后说，“我仔细想了，这个教授确实伟大，但他也是个人，也是个男人，凡是男人，见了美女都会动心的，苟国栋就是对你动心了。而且他一定对你有非分之想。”

“你胡说！”她急了，手在汽车座椅上拍了一下。

“好好好，我胡说。”水旋风又笑笑，“他对你没有非分之想好了吧？”

“这就对了，他怎么会对我动心呢？人家一个全国鼎鼎大名的大教授，我不过是一个普普通通的空姐，一个空中服务员。”

“但是我知道那些有权有名有钱的男人，并不在乎美女的出身和地位，只要她美丽漂亮，他们就会追，也不一定真想跟她结婚，而是要一阵子，调节一下自己乏味的上层生活。”

“苟国栋教授不是这样的人。”

“我也希望不是。”水旋风说，“你们是这次航班上才认识的吧？”

“是的。”余凌云在水旋风面前从不设防，因为十几年来都是他保护她，让她感到安全，甚至连她的父母他都无微不至地照顾着。又说：“也不是，半个月前的那个航班，已经相识了，只是没有打交道。”

“那应该是一面之交，一面之交的人，竟然约你为他服务。你竟然也就答应了。”

“人家是大人物，能叫我是我的荣幸。”

“他如果再找你，你去不？”

“我……”

“你肯定去。我知道你不可能对这个老头子真动心，只是出于一种感觉，或者说就是虚荣，想让同事们看到你和一个大人物有亲密来往，对不对？”

“也不完全是。我想在我研究经济、寻找机会的时候，让他给予支持或者帮助，我也可以借此实现梦想。”余凌云看看水旋风，继续道，“你是知道的，我那个黄金期货做成啥了，我姥爷一辈子积蓄的大半都被我打了水漂……”

水旋风点点头：“我理解，但是，他如果能想出好的经济机会，能给你说吗？绝对不会！”

“但他毕竟在经济一线，接触着最前沿的经济问题，只要常跟他在一起，就会受到影响和启发。他在局中，往往一下意识不到，我恰恰在边缘，一脚在外一脚在内，往往最容易有收获。”

水旋风摇头说：“他如果发现是个机会，一下子就会甩开你。这种人太多了！”

余凌云笑说：“先争取有了想法再说，但愿我的脑子灵，能先他一步发现机会。”

“你要记住，千万不能被这家伙骗了。”

“开车吧，还要跟我爸一起吃晚饭呢。”

水旋风立即发动，开出停车场。

手机叮地响了一下，余凌云打开一看，说：“苟国栋来的短信。”

水旋风下意识地问：“啥内容？”

“让我给他带东西。”

“啥东西？”

“法国梦露香水。”

“带多少？”

“一百瓶。”

要一两瓶是真正需要，一百瓶，就是做生意了。水旋风在心里略微一算，这一百瓶，苟国栋最少赚五万。余凌云这样没心没肺的，不会想到这些。为了达到目的，他让余凌云当助理，彻底满足她的虚荣心，然后，甚至连一天都不错过，就让余凌云给他带高档化妆品。

余凌云立即回复没问题。可放下手机，她突然想，这一百瓶大概得八九万块钱，自己一下子哪来这么多钱？得先向水旋风借。

她嗫嚅了一下，还是说了：“一下子这么多钱，我……”

不待她说完，微信又响了。一看，又是苟国栋，说要给她转账十万块钱。

她不禁惊讶，顺口就对水旋风说了：“我和朋友们的微信，一笔转账的上限是五万元，苟国栋怎么就一下子转十万？”

水旋风真诚地说：“这要去办个手续，我的就办了，转账上限是一百万。”

“噢——”她点点头，立即回复了苟国栋的信息：“只需九万，多余不要。”

苟国栋秒回：“多的是给你的，你可以和乘务员姐妹在巴黎喝咖啡。”旋即又发一条：“你一个人肯定带不了这么多，可以和姐妹们一起。”

她也立即回：“不行，我有工资，吃饭花钱应该的。她们也会愿意帮忙。对了，她们还要向您请教炒股票呢。”

苟国栋坚持要多转一万元：“你如果不收这一万元，我就不让你带了。”

“这……”余凌云为难了，禁不住说出了声。

“咋了？”

余凌云对水旋风说了情况。

水旋风笑道：“你不用坚持拒收，东西正常带，一万元回来时当面给他就行了。”

余凌云随即回复信息，不再坚持拒收。

“我这儿有个团队，百把人，我想给大家一人一个小礼物。这次到巴黎一看，这个梦露香水很好，又不贵，所以想让你带。”

“您能让我带，是我的荣幸。”

“好，那就等你回来，给你接风。我这儿开始说事了，回来见。”

一来一去的两轮信息后，余凌云长长地出了一口气。

水旋风扭头看向后排座上的凌云：“你想知道苟国栋的身世吗？”

“你知道？”

“当然。苟国栋是江边一个农民的儿子，下面还有三个弟弟。家贫如洗，但是他父亲就一个观念，书中自有黄金屋，书中自有颜如玉。所以家里穷得饭都吃不饱，还是供孩子念书。这个苟国栋呢，学习特别好，那一年高考，恰逢香港一个大商人是黄河市出生的人，以他为主，联合几个富商朋友，在我市办了黄河商学院，需要录取一些尖子生以增加影响，便录取了苟国栋，担心他不来，通知他带奖学金。他一听很高兴，父母亲不但少了供他上学的负担，而且有了脸面。”

余凌云感叹：“没想到，他也是个苦出身。”

水旋风继续说：“虽然有奖学金，但是穷惯了的孩子不敢乱花钱，他坚持在学校勤工俭学，在图书馆打工。他怎么也没想到，就在这时候，一个女同学看上他了。这个女孩的父亲就是那个香港大商人，老家是咱们市的，后来定居香港。香港潮湿，他的关节病一直治不好，一回到老家就不治自愈，一回到香港就又犯，于是干脆长期住在我市，他的家人自然也就来了。所以他慷慨地出资，并邀请三个好友一起创办了黄河商学院，甚至让女儿也在这里上学。女儿学习不好，就老向苟国栋请教，自然生了爱意，便把苟国栋带到家里见父母。父母见是本校上进的学生，当然喜欢，于是毫不犹豫地资助他，甚至给他家里盖了楼房，并供他的三个弟弟上学，四乡八里都知道老苟家有一个出息儿子。苟国栋毕业的时候，顺理成章地和这个女同学结了婚，成为黄河市富豪的乘龙快婿。”

余凌云听着，感叹：“这是用钱买的婚姻。”

“可以这样说。但是，就在他成为大学教授并很快出名的时候，他的岳父突然死了，没来得及留任何遗言。他夫人本来可以继承一大笔财产，没想到董事会的执行董事做了手脚，她不但没有继承，还要背债。”

余凌云禁不住说：“这么卑鄙！”

“是啊，苟国栋也意识到这是骗局，是陷害，但他刚刚成为教授，还没站稳根基。那几个董事一起来找他，对他说得很清楚，如果不再提过去的事，他继续做他的教授，并且保证越做越大，功成名就。但如果他要回头清算，他们不但会让他在学校待不住，还会让他迅速倾家荡产，甚至在学术界消失。”

“这么恶毒？！”

“苟国栋面对这么一些人，能怎么办呢？只能低头。”水旋风叹一口气，“虽然教授做大了，名气也大，但是一直没有成为他岳父那样的富翁，在黄河市这个地方，也仅仅是个小康。”

“噢。”余凌云似乎恍然大悟，“我就想，他这么大教授，什么人被他指点一下都能大把赚钱，自己肯定更是早就赚得盆满钵满了，怎么给团队送礼时还这么斤斤计较……原来他是个苦出身，斤斤计较是习惯。所以，一定要给他带回来。”

自从社会上有了海淘，乘务队就三番五次地强调，不允许带海外产品回国，因为涉嫌逃税。但是自己需要的小东西，不超过五公斤的，符合万国邮联邮政法，不用交税，可以带，但是不提倡。

其实余凌云已经在心里掂量过了，带这些化妆品既不违反规定，又为苟国栋办了事，一举两得。

第五章

奇葩古怪的秘书　意味深长的听闻

当空姐以来，余凌云已经多次来巴黎，所以对那些著名景点已视若平常。最近十几次航行后，她干脆到了巴黎就待在房间里睡大觉。

这次不一样，她一睡醒就直奔梦露香水专卖店。顺利地买了一百瓶以后，放在一起一看，体积太大，就对售货员说，能不能把每瓶的盒子拆了，只留下防震的薄泡沫层。

售货员是个中国留学生，一听就明白了，说这样就减少了一半体积。

售货员和她一起拆包装，拆完后放在一起，整体体积小多了，但还是有些大。售货员拿了两个小一点的香水箱子，说可以装下，但她多了个心眼，她笑着问售货员："有没有装其他东西的箱子？"

售货员会心地一笑，走到里间，拿了两个箱子。

余凌云一看箱子上的文字，都是英文，一个是装加拿大鹅绒棉衣的，另一个是装咖啡机的。凌云连声说好，心里想，这样的东西大而便宜，谁也不会说啥！

于是两个人往里面放，不但放下了，而且很宽松。

售货员开始用包装绳捆绑。余凌云看着售货员麻利的动作，心里又犯起了思量，自己拿这两包东西回去，还是有点显眼，万一乘务长多个心眼，过来伸手掂一下呢？

她理所当然地想到了文香。

文香和她住在一个房间，她们是晚上到的，一倒下就呼呼大睡。她没有告诉文香教授让带香水的事儿，越少人知道越好。但是这会儿，必须让文香知道了。

于是凌云给文香打了电话。

文香还在酣睡，一听电话内容，一骨碌爬起来直奔梦露专卖店。

文香在余凌云肩膀上捶了一拳，喜笑颜开地说："这回可得让我跟苟国栋教授说说话。你不好开口我开口，我有意装成二百五。"

余凌云不说话，只是微微一笑。

"看你自信的。"文香说，"我觉得，自从有苟国栋做后盾，你一下子强大了。"

"看你说的，别贫嘴了。"余凌云嘴上说着，其实心里有点空落落的。

苟国栋自从给她打了钱以后，就没再和她联系过。他难道就是为了让自己带货？如果是这样，自己请教他，他不一定会说真话。

她当然知道他忙，多少人想见他，多少公司想求助于他，不可能时时想着和她联系。有这批货物，就有下一次见面的机会。

"给他发信息没有？"文香问。

"发什么信息？"

"货弄好了，准时带到呀！"

噢，这倒是个由头。

余凌云立即发了，一直把手机攥在手里，想着能在第一时间看到他的信息。然而，直到回到住处，都没有等到苟国栋的回复。

晚上，她俩刚刚吃完饭，手机响了。余凌云一看，眉开眼笑。她甚至叫上文香，一起到塞纳河上坐船看夜景。

飞机平稳降落后，余凌云本以为一打开手机就能看到他的电话提示或者信息留言，却失望地发现，关于苟国栋的消息，丝毫没有，心里不免有些七上八下的："是不是不要这些香水了？"

她随即又否定地摇了摇头，钱都打来了，咋会不要呢？

他忙，他是大名人，当然太忙……

就在她送乘客下飞机的时候，电话振动起来，这时候当然没法接听，她就任凭手机在衣袋里振动，心里甜蜜地断定：一定是他。

当头等舱乘客一出舱门，她就迫不及待地看了一下电话，然而，未接来电的号码并不是苟国栋的，是一个陌生的号码。她刚把电话按了，信息提示音却不失时机地响了，若秋天田野里虫子的鸣叫，她一看，竟然是苟国栋的信息："凌云好，很遗憾，我在参加一个重要活动，不能前往机场接你。我派了我的秘书去，她会给你打电话。"

凌云不禁闭上眼深吸一口气，心里一下子宽展了。

不一会儿那个陌生号码又来电话了。她微笑一下，接了，听筒里传来一个非常清脆的声音："你好呀，谢天谢地，你接电话了……"

半小时后，乘务长领着空姐们鱼贯穿行在候机大厅。

余凌云没想到，苟国栋教授的秘书是一个马来人长相的老女人，鼻子特别塌，鼻孔特别大，人本来就瘦黄，还把头发染成了黄色。

余凌云走过去握住女人的手，说："你好，我是余凌云。"说着朝文香一伸手，把文香也拉了进来。

老女人说："我是苟国栋教授的秘书。"她看看四周，"咱到那边说话。"

水旋风就在那儿站着，微笑地看着她们。

那里是宽大的过道，秘书朝旁边一招手，立即来了一个小伙子。一看也是马来人种，嘴唇很厚，嘴巴很大，甩着手小跑过来。

秘书掂了掂箱子，很老练的样子，眼睛看着余凌云说："一个箱子五十瓶？"

余凌云点点头。

她伸手到包包里，握住那个装着一万元钱的信封，想交给这个老女人，但又犹豫了。她是什么角色呢？余凌云装作很随意地问："您是苟国栋教授的夫人兼秘书吧？”

老女人一惊：“你眼睛怎么这么尖，一眼就看出来啦？”

余凌云嫣然一笑：“气质嘛，苟国栋教授的夫人，才会有这样率性的气质。”心里却想：她的鼻子暴露了她的马来人血统，教授的岳父是本市人，妻子却是香港土著，生出这样一个女儿来，很正常。

苟夫人凑近余凌云，小声而神秘地说：“咱们对外，还是说秘书好不？”

余凌云不解地看着她。

苟夫人一笑：“你想啊，咱的教授，咋说也是个大人物，怎么能没有秘书？你说是不是？”

余凌云点点头。

苟夫人：“本来学校要给他配的，我不让，我说我可以兼着。”又一笑：“秘书的工资自然就给我了嘛！其实我也不是贪这一点工资，而是不想让别人给他当秘书，把他的脑子偷走了。”

余凌云也点点头，说：“就是，他的脑子太金贵了。”

文香在一边看着她们说话，听到这里，不禁扑哧笑出了声。

老女人让小伙子把两个箱子提走，然后从小包里拿出两个信封，一个递给余凌云，一个递给文香。“小意思，你们喝个茶，我就不陪你们啦。”

余凌云不接，文香看看余凌云，也不接。

余凌云说：“我们能给教授办点事，很高兴。”

“是的。”文香跟进一句，“很高兴，很乐意。”

女人假装不高兴，脸往下一拉：“你们是不想跟教授再来往了？”

余凌云忙说：“不是这意思。”

“这就对了。”女人把信封再次递过去，不等她们回应，转身走了。

余凌云心事重重地跟着水旋风去坐车。一上车，文香就大口大口吃起了壮馍。

水旋风看余凌云没吃，笑说：“时间还早，要不到我家饭店热闹一下？叫上余凌霄，她准备高考呢，整日下死劲儿，让她也放松一下。”

“好呀！”文香把还剩一半的馍放下。

余凌云却不想去。水旋风是个好人，但他们不合适，与他断然绝交吧，又开不了口。

水旋风根本不等余凌云回应，就把车往古荥蚌泽镇开去。

一上大路，水旋风假装随意地说：“就是这个老女人，给苟国栋一家人带来福音，让苟国栋从一个农村大学生，变成了黄河商学院校董的乘龙快婿，又在黄河商学院当了教授。在岳父去世后，他在岳母与校董事会的分歧中，悄然地配合了学校董事会，校董事会则投桃报李，让他的事业迅速如日中天，成了全国著名的经济学家。”

文香感叹：“这个老女人不寻常呀！”

水旋风叹了一声：“古往今来，这种事情屡见不鲜，比如汉朝光武帝的姐姐湖阳公主刚刚守寡，光武帝想给她找一个新丈夫，便和她一起议论朝中大臣，暗中观察公主的心意。公主说，宋弘的威仪容貌、品德器量，朝中之臣没有谁比得上。光武帝说，我正想在他身上考虑这事。于是宣宋弘觐见，光武帝让公主坐在屏风后面。光武帝对宋弘说：‘地位高了就要更换朋友，钱财多了就要另娶妻子，这是人之常情吧？’宋弘说：‘臣闻贫贱之知不可忘，糟糠之妻不下堂。’光武帝听到这儿，知道没戏了，就让宋弘退下。姐姐感慨，如此男人，才称得上大夫！”

余凌云知道水旋风这话的意思，但不吭气，因为她根本没有“取而代之”的想法。

文香却接上话：“水哥，你怎么一下子变得博古通今，而且文绉绉的了！‘不下堂’是什么意思？”

水旋风说：“我这几天跟朋友们说到苟国栋教授，人家给我讲了这个故事，说苟国栋教授常常给别人讲这个故事。”

“你到底没有说，‘不下堂’是什么意思。”文香不依不饶地追问。

水旋风说：“用现在的话说，就是不下岗呗，就是说夫人不能换。”

文香感叹：“苟国栋教授这么仁义啊！”

水旋风说：“这么大的教授，这点面子活还是会做得滴水不漏的。”

文香点头道：“真是。”

余凌云在一旁默默听着，并不插话。

第六章

无比沉重的金笔　万般无奈的圆谎

余凌云和文香躺在各自的床上，美美地大睡起来。

从昨天吃完水旋风的饭，一直到中午，她俩都在补觉。

余凌云的电话响了。她伸手去接，才发现右手已经压麻了，便换到左手。

“我，苟国栋。”声音很温和，也很轻，带着胸腔共鸣，充满磁性，“美容觉补回来了吗？”

余凌云一下子坐起来，柔和地说：“我正想着呢，要还您那一万块。”

“我说了不用还。我的车已经去接你了，你赶快收拾一下过来。”随后又补了一句，“你如果把那一万块钱拿来，我就再也不见你了。”

余凌云还想说什么，对方挂了电话。

文香也闻声醒了，便起身和余凌云一起梳洗。

“我能一起去吗？”

“你说呢？”

“我可以给你帮腔！”

余凌云有些迟疑，像是为难，但仍拿起了手机：“要不，我给他说说，你一起去？”

文香听后先是兴奋却又摇摇头：“算了算了，人家又没叫我，咱就别自找没趣了。”随后又加了一句：“你要处处小心。”

余凌云笑了，也没说话，只是赶紧收拾自己，特别是化妆，从敷水、乳液、精华、乳霜、隔离到防晒，每个环节都一丝不苟，精心细修，一笔一画不出误差，特别细心。

文香突然说：“水旋风不是下午请咱们出去放松吗？”

“噢……”余凌云想起来了，“你给他发个信息，就说咱们乘务大队有活动吧。”

文香：“啥活动呢？”

凌云急着化妆，略显不耐烦地说：“哎呀，你好好想想嘛，没看我正忙着嘛！”继而又说：“你没看水旋风那天给我‘上课’？说什么‘糟糠之妻不下堂’，那是对我旁敲侧击呢！我心里有数，自然不会受骗，但他心眼小，所以他不知道最好！”

文香起来洗脸，边洗边说：“其实水旋风人不赖，我要是你啊，就会和他好好处下去。”

凌云迟疑道：“他确实是个大好人，也是个好丈夫，就是……”

话没说完，电话就来了，是苟国栋派人来接余凌云了，车到了。

余凌云一边忙着换鞋出门，一边对文香说：“拜托拜托，水旋风那边替我解解围哈！”

文香笑了：“你就不怕我把水旋风拐走吗？”

“哎呀，你要真能把他拐走，我就谢天谢地了！”说话间，余凌云便跑向电梯间。看见电梯门外墙上一则“五一钜惠”的广告，灵机一动，立刻“发令”文香：“你就给水旋风说，为迎接五一，咱们排练节目！”

文香高声回应：“还是你自己说吧，我觉得水旋风也应该‘不下堂’！”

余凌云脸一红，牙一咬：“不说拉倒，我自己给他发信息！”

车已经停在门口等着了，余凌云一上车就给水旋风发信息说迎五一排节目，她知道水旋风对她的信息从来都是立马回复，便把手机拿在手里。然而，车开了半小时了都没有消息，她有些不安，心里默念：“水旋风呀水旋风，知道你是为了我好，但真是承受不起，别对我这么不依不饶的吧！”

车窗外面，景色很好。通往市里的机场高速两边，成排的紫荆正在盛开，一条条枝干被绣球一般的花朵包裹着，花朵是紫色的，在旁边白色的海棠花的映衬下特别鲜艳。

余凌云却没有心思欣赏，满心满脑都是水旋风。水旋风对她的好，甚至对她家人的好，她怎能不知道，怎能无动于衷？但是，无论从形象还是观念，两人的差距太大了……

也许是她的思绪得到了回应，手机上传来了水旋风的回复："好的，你们空乘大队除去在外飞行的，也就三十多个人。排练辛苦，容易饿，我下午四点送去四十个壮馍，是新改良后的壮馍，非常好吃，而且包装也做了调整，大气豪华上档次，一定给你长足面子！”

“这……”余凌云一下子蒙了，“这怎么办呢？怪不得人家说，撒一个谎，往往要用一百个谎来圆。”

她打开手机，看着屏幕，却不知道怎么回复，直到手机黑屏了，她才有了主意，回复道："不用了，今天公司聚餐，大海航空集团公司领导也来参加，排练时间有限，你千万别来送馍了。千万！”

水旋风这次秒回："明白了。"

“为什么是‘明白了’？难道……难道他想到什么了吗？”余凌云揣测着疑惑着。

突然心一横："爱怎么想怎么想吧，最好一气之下对我断了念想！”

她坐上车，思绪万千，不知不觉地，汽车开到阳光大厦前面的雨搭下，一个头发梳得一丝不苟的小伙子过来开了车门。“余助理，请。”

余凌云本以为这是大厦迎宾，没想到是专门来接她的。更让她没有想到的是，让她参加的活动是阳光集团和澳大利亚一个羊毛公司的签约仪式，他们特别邀请荀国栋教授来参与和见证。而最让她始料不及的是，那个头发梳得一丝不苟的小伙子一打开那扇很高大的门，屋里立即响起热烈的掌声，然后是一个陌生的声音："欢迎余助理。"

后来她才知道，那是阳光集团董事长。

余凌云的脸顿时飞红，这意外的场景让她有些手足无措。

这时候苟国栋姗姗走来："凌云，来，大家就等你了，今天是阳光集团和澳大利亚羊毛公司合作签字仪式，让我和你见证呢。"

余凌云的脸更红了，心想："苟国栋是知名教授、著名经济学家，他一见证，各路媒体一报道，这个合作的影响力就有了，公司的形象好了，经济效益也就随之提升了。可我算什么？这么大的国际间合作，让我见证有什么用？"

但她当然一句话也没说，只是默默站在苟国栋身边，看着仪式开始，看着董事长和澳大利亚那个代表签合同。

合同签完，大家鼓掌之后，阳光集团董事长和澳大利亚公司代表人从签字桌上离开，董事长立即把一个文件夹放在桌子上，打开。

活动主持人立即高声宣布："下面，有请黄河商学院教授苟国栋和助理余凌云以见证人身份签字。"

余凌云困惑地看看教授："我……"

"走。"苟国栋微笑着示意她一起来到桌边。

总经理是个留着冲天炮式发型的年轻人，他笑吟吟地在苟国栋和余凌云面前打开两支金色钢笔的笔帽，然后递给他俩。

她一接住，觉得特别重，就看了总经理一眼，总经理却全神贯注地看着教授签字，教授签完，往她面前一推，她看见了标题：阳光集团与澳大利亚羊毛集团合作签字仪式见证文本。

略过简略的正文部分，余凌云将目光直击落款处，在标注合作协议签订时间的下面，就是见证人签名处。

苟国栋已经签了字，把钢笔放到桌子上，指着写着她名字的地方："在这儿，签上你的名字。"

她的脸一红："我的，我的字，太难看了。"

苟国栋一歪头，很有范儿地说："要的不是你的字好看不好看，而是你见证的痕迹。"

"痕迹？"她脱口而出。

"就是你的签字。"

她不再说话了，签上了她的名字。

哦，我一个普普通通的小女子，竟然在这么重大活动中有如此重要的位置，真是不可思议！

然而，更不可思议的还在后面。

当她把钢笔放到桌子上的时候，总经理把两个钢笔帽合住，然后又递给他俩："请留作纪念吧。"

苟国栋一笑，显得很自然，然后把他的钢笔也递给余凌云："你收着。"

"这钢笔怎么这么重？"她小声问，把钢笔放到包包里。

"是金的，500 克重。"

"500 克。"她知道 500 克是一斤重，自己不就是做黄金期货穿仓了吗？其实这几天黄金价格又上来了，已经接近 350 元一克，那么，500 克就是十几万了。

她头皮一麻，哦，大人物就是这么轻松地赚钱的?！自己还为那 10 万元期货的钱而懊恼呢，大人物这么一动手，十几万元就到手了，自己也跟着沾光了。

"我算什么？也跟着落了个十几万？不行，这个金笔自己不能要，先给教授拿着，活动结束后还给他。"

她禁不住朝苟国栋那儿望了一眼，见他正和那个很中国的澳大利亚人说话，手还是那样很有范儿地朝前一伸，往下一劈，太有范儿了！

接下来是宴会，山珍海味已摆上桌，她看着就觉得丰盛，心下感叹："这就是教授的日常生活！"

服务员给她的杯子里倒上红酒，小声说："澳大利亚红酒，请用。"

桌子上有座签，她在自己名字后面的椅子上坐下，就在教授身边，不禁想，自己竟然也成人物了，名字也上了桌签！

还是那句话：还不是因为苟国栋教授！

席间的行为程序自然是她不了解不习惯的，她便一直模仿着教授，教授叫她做什么她就做什么，教授叫她喝红酒，她就喝了，后来，她不知道自己喝了多少红酒，反正头晕乎乎的。

宴会结束，在司机送余凌云返程的路上，她意外地接到了苟国栋的“秘书夫人”打来的电话：“凌云啊，你带回来的香水真不错，教授团队的人都夸好。教授的学生知道了，也要呢！”

“噢。”余凌云礼节性地回应，“大家喜欢就好。”

“你还得继续帮忙呀！”教授夫人说，“你不会怕麻烦，带了这一次就再也不带了吧？你是个热心肠的姑娘，还会为大家帮忙吧？”

“会的，您放心。”余凌云说。

余凌云心里一亮，带五公斤以内的货物，第一不违法、不违纪，第二又能跟教授保持联络，不时向他请教，多好！日积月累，自己一定能学习和受益不少。

教授夫人：“那咱们说定了！”

余凌云：“那当然。”关了电话，往包里一放，手指碰触到了那个沉重的金笔，像被蝎子蜇了一下，本能地把手一缩，心立即狂跳，脖子和脸都烧了。

“这、这、这太那个了……”她在心里嘀咕。

车子很快把余凌云送到了机场的住处，心里七上八下的余凌云，不禁想起原来和她有约又被她推掉的水旋风，立即拿出手机，给他发了一条信息：“晚宴结束了，放心。准备早休息，明天凌晨出发去日内瓦。”

当她发完信息将手机放回包里，手指又碰到了金笔，这次手没有条件反射似的缩回来，只是神经质地动了动。

第七章

情深义重水旋风　足智多谋水烟袋

水旋风正在家里呼呼大睡，平头哥来了。看见水烟袋正在喝茶，就过去给他添水。

水烟袋手一摆，说："坐下。你跟你旋风哥做的这个壮馍连锁店的事，我看行。人家麦当劳开得满世界都是，哪儿有咱的壮馍好吃？弄吧，就是我老了，不能亲自给你们操刀了。"

平头哥点点头，把自己原本很粗壮的声音压得细一些："旋风哥给您说了吧，他的想法很大，要把壮馍配送给网购的用户，开一个专门送壮馍的快递。可能叫'跑腿'，名字正在想。"

"名字里头有风水，有八卦，有吉凶，我通，我取好了告诉你们。你们做就是了，我觉得这想法好，别人能做成快递，我们为啥不能？别人能把海底捞做到美国去，我们为啥不能？"

就在这时，水旋风的手机响了，是余如梦。不知电话里说了什么，水旋风一跃起来，说道："余伯伯，您等着，我这就去您那儿，估计半小时就能到。"

水旋风一边提裤子一边出了屋，对平头哥说："赶紧准备车。"又穿上 T 恤，"爸，我去余伯伯那儿。"

"这两天又犯病了？"

“轮椅车胎没气了，我去给他补一下。”

“快去吧，给你余伯伯说我想他了，请他中午到咱这儿吃饭。”

其实轮椅车胎昨天就坏了，余如梦没吭气。爱人忙着上班，把他的课也代了，以免别人说闲话。二女儿余凌霄这些天每天一大早就跑出门和同学们玩，说是为了准备高考紧张了几年，现在终于考完了，要放松一下。他当然同意，孩子们都不容易。这个二女儿他不担心，孩子性格开朗，活泼好动，说话得体，做事灵巧。他只担心余凌云。凌云内向腼腆，从小受孩子们的奚落，一直到现在，心里都窝着许多他不知道的事。他担心她的婚事，于是想到水旋风，这是个不错的孩子。但是，余凌云似乎不满意。他明白，凌云嫌他秃顶，嫌他学历低。可这有什么呢？人好是最重要的。

于是他主动给水旋风打电话。

余如梦在医疗床上躺着，看见水旋风进门，撑着要起来。

水旋风跑过去：“余伯伯您躺着，我给您把床摇起来。”

余如梦看着水旋风，眼里尽是疼爱：“小水，这个医疗床，还是你买的呢。”

“这不算什么。”水旋风说，“只要您能早日康复，让我买啥都行。”

说话间，平头哥已经把轮椅推出去了。肌肉纵横的胳膊，几下就把轮胎卸下来，抽出内胎，拿上，开车走了。

平头哥刚走，余凌霄回来了。她推开门就跺脚，一边抹着眼泪一边说：“爸，我不活了！”

余如梦想赶紧坐起来，身子却只能动一下。“宝贝咋了？快说，不要哭。”

“我才考了三百六十六分，这可怎么活呀！”

余如梦却说：“怕什么，不行明年。总能考上大学。”

水旋风知道，余凌霄从小在姥姥姥爷家长大。姥姥姥爷是两个开朗的人，所以余凌霄养成了开朗的性格。

水旋风接着余如梦的话："对，要像你，分数不好就哭，我早成哭鼻子世界冠军了。你哥我哪次考试不是全班垫底，咋了？跟我一起上高中的，大学毕业了找不到工作，为什么？因为除了学习，他什么都不会！"

余凌霄对父亲说："爸，你说我还有救吗？"

"当然。"余如梦说，"第一身体棒棒的，第二精神满满的，第三心理阳光。这就是一切，分数能有这些重要吗？"

余凌霄过去抱住爸爸的肩膀，说："我有出息了，一定找世界上最好的医生，给你把腰治好。"

水旋风看着余凌霄，笑说："冲着你这句话，我中午请余伯伯和你吃饭。"

余凌霄也真是性格开朗、心理健康，立马止住哭不说，还来了精神，迅速转移话题："哎，我问你，你和我姐到啥程度了？怎么光见刮风不见下雨的，我姐都毕业两年了。"

余如梦眼睛一亮。其实他叫水旋风来，主要也是想说这事。

"我俩好着呢。"水旋风笑着说，其实他已经有了危机感。

余凌霄突然说："哥，我看你要下点劲儿。你看了前些天那个什么苟国栋在体育场的演讲没有？"

水旋风摸了摸后脑勺："看了。"

"你说那个教授，老大的名气，按理说早有助理了，为啥现在找？再者说了，为啥这么巧偏偏就找到我姐？当然了，我姐本来就优秀，长得漂亮。给著名大教授当助理是风光的事儿，我也为她高兴。可是后来一想，可别是那个老家伙对我姐另有所图啊。"她抓住水旋风的肩膀摇了一下，"你说呢？"

水旋风又摸了一下后脑勺："我只顾高兴呢，没多想。"

"你真单纯！"余凌霄说，"爸，你得说说我姐，给她打个预防针。"

余如梦眉头皱起来，若有所思。

水旋风笑着说："没事儿。"明显有难言之隐，"我以后对凌云更好些，我想，就是一块冰，也该焐化了。”

这时平头哥补完胎回来了，三下五除二地安装上，声音粗壮豪迈：“老伯，您坐上看看。”

余如梦想挪动身子，感觉腿也能使上劲了，眼一亮，说：“小水一来，我又更换到能跑能跳模式了。”他手一撑下了床，自己走过去坐在轮椅上，“很好，我要每天像今天这样就好了。”

水旋风很开心。余凌霄说：“重要的是心情要好。”

余如梦说：“凌云妈正替我上课呢，我去讲后半堂课。”

于是，大家高高兴兴出了门。水旋风把平头哥叫到一边，让他赶紧去粮食学院找谭教授，看看教授对壮馍配料改良的进展。

平头哥点点头正拔腿要走，水旋风叫住了他：“你开车走吧。”

“你一会儿肯定要拉余老师出去，我打车。”说罢不回头地跑出去。平头哥一身劲儿，看着路平，竟忍不住打了一个马车轱辘。

余如梦的夫人柳依依正在给学生们上课。她每次来都讲清楚是代余老师上课，说她不如余老师。

老师“换班”，余如梦稍显蹒跚地走向讲台，替换下柳依依。余凌霄搀扶余如梦登上讲台后，顺便把妈妈的背包拿了出来。

在教室门外，水旋风凑到柳依依身边，温和地说：“柳姨，中午一块儿吃饭吧。”

柳依依看了看小女儿：“又是你闹腾的吧？”

余凌霄笑说：“妈火眼金睛。是哥提出来的，庆祝我高考成绩出来了。”

“查到了？多少分？”

“不告诉你，反正我爸和水哥哥都说不赖。”

柳依依认真地看着女儿：“到底多少分？”

余凌霄：“三百六十六。”

柳依依一听分数，脸色顿时难看起来。

反倒是女儿抓住母亲的胳膊，说："没事儿，妈，死不了人。大不了明年再考，你女儿心大着呢。"

水旋风立即附和一句："电视上说，心有多大，舞台就有多大。"

柳依依叹着气摇了摇头，心想怎么两个女儿考大学都不行呢？好在老二性格好。分数都下来了，也只能这样了。

余老师上完课，学生们簇拥着他出了教室。水旋风开着车，带着余凌霄一家，沿着黄河南岸的防护林道，开到繁华的古荥蚌泽镇中心。这是黄河市的发源地，是古代漕运的重要码头，因而青石上留着车轮磨出的辙痕，还有马蹄踏出的坑坑洼洼的印迹。

水旋风停下车："余伯伯，咱们下来看看吧，这是隋朝开的漕运码头。"

青石铺就的坑坑洼洼的街道上，人流不稠也不稀。余如梦却在人流中蹲了下来，伸手摸着地上的青石，头一下一下地点。这些年，他几乎有一半时间在床上躺着，所以看了许多书，肚子里装了很多货，但越读越感到自己浅薄。看着这石头路，他不禁想起了杨广弑父的事，感叹："修了这么好的路、开了大运河的决策者，竟然是个弑父的不孝之子。"

余凌霄笑说："我爸又感慨人生了。"

柳依依连忙喝住女儿："别扫你爸爸的兴。"

水旋风蹲在老伯一边，小声说："多少车轮轧过，才能把石头轧出这么深的印子。"

余如梦点点头说："从这深深的辙痕，就可以想象，当年多少粮食从这儿运出去。咱们这儿，真是个粮仓啊！"

水旋风说："那些拉粮的人都不在了，却给我们留下了这个。"

余如梦说："再说隋炀帝，把漕运弄得风生水起，结果呢，也是被手下杀了的命。但对百姓有益，让老百姓一直念叨。"

水旋风其实不懂历史，就搜肠刮肚地寻词儿："我们今天，也算是缅怀啊。"

余如梦突然抬起头说：“水旋风，你可比上学的时候出息多了，一张嘴还博古通今的。”

水旋风摸了一下头：“知道自己不行，就留心学嘛。”

“好。”余如梦拍拍水旋风的肩膀，“文化程度不是和学历挂钩，而是和一个人的智慧、素质、学识挂钩。”

他们边走边聊着，拐进一个弯弯曲曲的商业巷道。巷道上也铺着青石，却没有车辙印痕，但也坑坑洼洼，被人的脚板磨得光溜溜的。一个个店铺都很古老，里面的人都在忙活，大人叫小孩闹的，老远就撩着人。

水旋风家的铺子就在前面。一个伙计看见了，老远就喊：“少掌柜回来啦！”

水旋风朝他一摆手：“去忙吧。”说罢回头对余如梦他们说：“我家的铺子正在街道中间，每天生意还不错，我爸爸经营多少年了……”他想了一个词，“经久不衰。”

余如梦点点头：“只要饭菜好，就会有回头客。”

说话间到了自家店门口。

门比较大，是那种朱漆大门，门上有大铜泡钉，虽然被擦得很干净，但都斑斑驳驳的。门两边的石框上，挂着两块长条木板，上面刻着一副对子。上联是：上天入地怕什么。下联是：海吃一顿“驴那个”。门楣上一块木额，刻的是：“驴那个”。余如梦盯着门匾和对子看了片刻，赞道：“好字。”

水旋风立即说：“听说是清朝时北京一个大官写的。”

“噢。”余如梦说，“那个时候，从咱这里去一趟京城不容易。”

“我听我爸说，也不是去京城求的。是当年有位仪表堂堂的先生在店里吃了驴肉，喝了‘驴那个’酒，不久就有一个官府的队伍寻到店里弄了个仪式，还送来了刚写好的这副对联，说是总理衙门章京上行走写的。我爷爷也不知道这‘章京上行走’是个啥官，反正知道厉害，就立即叫镇上最好的刻家刻在香樟木上，挂在了门口。前年一个书法家路过这儿，看见了，站在匾前不走，感叹说，这才是康老书法的巅峰之作，临走时还跪下磕了个头。我爸爸立即上去，拉住他问了究竟，才知道这个‘清朝章京’是康有为。”

“怪不得。”余如梦感叹，“店名字也是他起的？”

水旋风说：“康有为来时，店门口挂个幌子，上面写着：‘驴那个’火烧。”

这时水乾坤出来了，手里提着水烟袋，走着还抽了一口。他笑吟吟地过来，热情地和余如梦一家握手，嘴里说着：“快请进，一大早门前就有喜鹊叫，我就知道有贵客。”他手朝门口一伸：“请。”

“驴那个”店后面，是水乾坤的家。在宽大的客厅里，东面墙上挂着几代祖先的像，前三位是画像，年代久远。年代近的是照片，也久了，看来是水烟袋的父亲。西边，是一幅巨大的山水画，山水画得很俗，上面还有几头驴，而且为了突出驴，刻意把驴画大，就把山水比小了。北面也挂着一头驴，倒是黄胄的作品，印刷的，而驴子上面和左右，却是老旧的书法作品，是门口那副对联和额头的真迹。

余如梦不由自主地走到对联跟前，反复欣赏，喃喃道：“行家说康有为作品内紧外松，确实不假，在这个作品上表现得淋漓尽致。”

这时平头哥进来，粗壮的胳膊宽大的手，提着一个竹篮子像拿一片树叶。“来来来，这是粮食学院谭教授刚刚改良过配方的壮馍，大家尝一尝。水伯您最有发言权，您先尝。”

水烟袋咬了一口，嘴巴嚅动几下，便吸一口气说道：“胆大！胆太大！”水烟袋把壮馍左右看看，“敢把黄连放进去！”

水旋风认真地品着，说：“爸，我觉得好啊！”

水烟袋又深深吸了一口气：“这个教授是大才，改得特别好。”

余如梦仔细一品，也赞不绝口：“真是，满嘴香。”

柳依依也点头附和：“老余说得一点不错，没吃过这么好的壮馍。”

水烟袋笑了：“旋风，这一改，走出去毫无疑问！”

水旋风看了平头哥一眼，两人相视而笑。平头哥嘴宽，一笑，牙全在外面。

水烟袋说：“余老师，你看水旋风这娃，从上中学开始就在你眼皮子底下。娃学习不好，但心里灵。他不是高山命，也不是文曲星的命，他的命相和才能在生意上。这壮馍店，生意本来就很兴旺，现在他又把馍改良了。娃是敢投本，能成大事的。所以我支持娃的决定，往大了开，不但咱做壮馍，还要弄一批人送壮馍，像京东那样，自己的队伍送。对了，我把名字都想好了。”水烟袋随即招呼伙计：“拿过来。”

伙计小跑着拿来纸，上面是四个字：旋风急给。四个字的周围，拉着一条条道道，道道一头，写着天干地支金木水火土等，下面是解释：行船有风，走路有声，山重水复，路路大通。再下面是断语：上上吉！乾乾！

“好，好。”水旋风接过纸，很珍视地捧在手里，然后走到余如梦、柳依依旁边：“余伯伯，柳姨，请你们审审。”

余老师低下头，认真看过，说：“论证严密，推理清晰，太好了！”

余凌霄插进话来：“水哥，你这壮馍在咱黄河市本来就家喻户晓，再这么一推广，更不得了了。是不是水伯？”

水烟袋喜欢这女娃，说：“车走车路，马走马路。娃，你的前程比你水哥大多了。”

余凌霄立即凑到水烟袋眼前，歪着头：“水伯伯，我姐说过几回，说你算卦，天下第一，你给我也算算吧。”

水旋风立即说：“就是，爸，她刚刚得到高考分数，正发愁呢，你给她看看。”

“噢。”水烟袋低了一下头，“镇上的人呢，都说我会算卦，其实说错了，我是学了《周易》，学了《奇门遁甲》，这些书是知识，是总结了古人千千万万事情和经验后的结论，学到的人就拿着这些结论套现世的人，因为人从古至今虽然智慧越来越高，基本的是非曲直和因果关系是没变的，事情的脉络就大致相同，所以这一套呢，往往套个八八九九。”

说到这儿，疼爱地看着余凌霄："那么，伯伯就给你套套？"

余凌霄连忙说："谢谢伯伯。"

水烟袋微笑地看着余凌霄："考了多少分？"

"三百六十六。"

"噢——三百六十六，好分数，有学上。"

余凌霄一惊："有学上？"

水烟袋坚定地："有，你等着。"

"光等能等来？"

"能等来，放心。"

柳依依想插话，余如梦伸手挡住了，下巴朝女儿那里一翘。

"是啥学校呢？"余凌霄高兴了，抓住水烟袋的肩膀，摇晃。

水烟袋笑眯眯地道："把你的八字报过来。"这是他说顺口了，平时对来算卦的，他都这样说，但是今天登门的是未来的亲家，他就立即改了口，对着余如梦："娃的八字应该很好。"

余如梦便报了上来。

水烟袋两只手指头来回动弹着，嘴里念念有词："不对呀，火柴木，这可都是男人的卦底呢，咋会在一个女娃娃身上？"

余凌霄有点紧张："咋了老伯？"又摇摇老伯的肩膀："我的命不好？"

"你的命太好了，好得我不敢认，上世纪中国出了个特别特别大的人物，改朝换代的人物，就是这个命。"

"啥命呢？"

"你是木命。"

"木命好？"

"也不一定，木有森林木，是聚众的命；有房梁木，是栋梁的命；有枕木，是受苦受压的命；有门窗木，是担惊受怕的命；而火柴木呢……"

余凌霄睁大眼睛，打断了水烟袋的话："火柴木，火柴那么细一点点，能成什么气候？"

水烟袋看着余凌霄："这你就想错了，火柴木是细，但是火柴点着，就能燃起火炬，就能让千家万户烧火做饭，就能成就万家灯火，就能点燃奥运圣火，就能照亮所有人的前程。"

余凌霄很激动："水伯，你太厉害了，你太智慧了！"跑到爸爸妈妈跟前："爸爸，你说，水伯说得对不对？"

"当然对了！还不快谢谢水伯！"

"谢谢水伯。"余凌霄朝水烟袋鞠了个躬。

余如梦谦恭地说："水先生，你这一说，我心里病好了一大半，你说这娃能上大学？"

"娃刚刚问这事时，站的位子在那儿，你看，她的身后是东南方向，阳光斜下来，不偏不斜，就照在娃的脚前，脚前是啥？脚前是前程嘛！所以问啥事成啥事。让你见笑了，我刚说的这一段用的是奇门遁甲，给一般人不用。"

"噢——"余老师点点头，其实他对阴阳八卦一直半信半疑，笑着对水烟袋说，"那个清朝的刘墉，就是那个刘罗锅，少年时就用奇门遁甲给人看命，而且对人说：学了奇门遁，看事不用问。"

水烟袋看着余如梦："余老师不愧为人师表，肚子里装满了墨水。"又拍拍余凌霄肩膀："你是我们这一屋子人的希望！"

第八章

精彩的直播课　爱情的“滑铁卢”

刚到机场大厅，余凌云就看见苟教授的夫人站在那儿张望。她今天穿着一件大红的短袖衫，雪白的裙子，鞋子是左脚白右脚红。提着一个小包包，一看就是LV的。

余凌云眼睛一亮，想：“她真的来了，不可能光是她的主意，肯定是苟教授让她这么做的。”

夫人跑过来，高跟鞋把候机大厅地面敲得嗒嗒响，她一把拉住余凌云的手：“我说凌云啊，我一看你就想起我年轻时候，我那时候和你一样，光彩照人。”

余凌云一笑：“您这样穿鞋，我都不敢。真佩服您。”

夫人拉住余凌云的手：“我知道，我父母把我生成了马来人的模样，在马来那边，我这样子就是最漂亮的，但是咱们这儿人们不喜欢，这我知道，但是既然苟教授喜欢，别人再不待见也是白搭，对不？”

余凌云心想：“北方人确实不喜欢你的长相，甚至是很不喜欢。”但她连忙说：“美不美，在每个人眼里是不同的，作为教授夫人，只要教授认为你美，那就是最美的。”

夫人一下子搂住余凌云的肩膀：“你说得太对了！”说着跺跺脚，“我这样穿着，就是给教授争面子！外人都认为我是教授的秘书呢，甚至是小秘！”说罢诡异地一笑：“所以就得新潮点，对不？”

余凌云连连点头：“太对了！秘书嘛，就得潮一点。”

文香说：“您就是万人迷的范儿。”

夫人看着文香：“文香姑娘就是会说话。”说完把搂着余凌云的胳膊动了动，脸贴近余凌云，小声说：“你这回去日内瓦，带几块手表回来，好吗？”

“就这两样。”她从包里掏出手表，让余凌云和文香看了，“世界顶级表，外国首脑也戴。”

夫人操作了一下手机，余凌云听见自己手机的短信提示声，一看，夫人把款转到了自己的卡上。便问：“买几块？”

夫人：“你看着办。”让余凌云看看带来的样表：“这一款，可以买两块，钱就差不多了。这个款式呢，可以买三块。”

余凌云点点头：“明白。”

到日内瓦的飞行任务余凌云早已轻车熟路，名表采购也办得顺风顺水。

回程还是晚上，还是教授夫人在机场候着。

手表是两块，看上去真霸气，而且交接起来比香水更便捷，秘书夫人很满意，说：“咱们今后就是好朋友了。”

文香立即点头。

临别时，教授夫人特意单独叫住了余凌云：“凌云，来，我跟你说个事儿。”

文香和水旋风见状知趣地停下来在一旁等着。

“明天下午，他在远程通信站给华盛顿大学研究生上课，你想不想去看看？”

余凌云看了教授夫人一眼，问：“是教授邀请的吗？”

“当然啦！”

“那……”余凌云点点头，小声地说，“我去。”

“明天下午四点，教授派车来接你。”

第二天补觉，余凌云担心自己睡过了，就把闹钟调到三点四十。然而，她不到三点半就醒了。

就在余凌云洗脸刷牙的时候，水旋风的微信来了：“还是老时间吧，我接你回家吃饭。”

她摇摇头，看看依然在睡梦中的文香，自然就想到文香的一个追求者。

那是一个身上到处是腱子肉的足球运动员，虽然不太出名，但是在中超联赛，他都是队里第一阵容。这让文香很得意，每每他们比赛，又是她们休息的时候，文香都会拉着余凌云坐在电视机前看比赛。

想到这里，余凌云拿起手机琢磨了一下，给水旋风发了回复信息：“我又要加班飞香港，虽然只一天，但很烦人！”发出去后，又加了一条：“我们已经到机场了，你不用来送了。”

发完信息，余凌云长长嘘了一口气。

闹铃突然响了，她赶紧消去，但还是把文香弄醒了。

“干吗呀？”文香哭丧着脸。

她笑着拍拍文香的肩膀说：“我马上去教授那儿。”

文香抚了抚头发，说：“他上课，你用心听就是。下课后，你就……”

“我就给苟夫人打电话。”

“对！”文香突然一笑。

到了远程通信大楼楼下，一个很帅气的小伙子带她到了大楼最高层的远程通信间。

通信间分里外间，里面是演讲或者作报告的人，这些人一般是领导或者学者，外面是传播技术人员。里面和外面都有超大的大屏幕，一个是讲话者，一个是接收者。里外之间隔着一层透明的玻璃，里外通过耳机沟通。在外面不戴耳机的人，只能看见屏幕上的影像，没有声音。

余凌云透过玻璃，一下就看见了苟国栋，他侧身对着外间，站得笔直，挺胸昂首，激情洋溢的样子。她心里一下豁然开朗，不知不觉地坐在外间最靠边的座位上。

小伙子无声地走到她身边："那是您的位置，请。"

她一看，那是外间最高的一个台子上，最能看清楚。桌子上有水果、矿泉水和茶水。

"不用了。"她说，"我就在这儿。"

小伙子弯下腰，说："您不去就算是我没完成任务。"

话说到这份儿，她只好去了。坐下来的一瞬间，心里暖暖的。她几乎目不转睛地看着玻璃墙里面，戴上耳机，听着苟国栋给大学生的演讲。

苟国栋讲的是全球供应链。他的中心观点是，一个城市只要处在全球供应链的一个节点上，必然成为全球性大都市。到一定时候，人们可能忘记这个国家，但忘不了这座城市。比如中国交通中心位置的黄河市，在这里中转货物最方便，接收货物的人或单位所承受的物流费用最少，所以，久而久之，人们可能不知道它是哪一个省份的，但会记住黄河市。

她在心里感叹："对呀，就像我们女孩爱用的化妆品，往往只知道牌子，很少去注意是哪个国家生产的。"

苟国栋还是那么风度翩翩，演讲结束，他走下讲台，从玻璃门里走出来。

外间的工作人员、技术人员起来，上去和他握手，然后拿出准备好的他的经济学著作让他签名。

苟国栋说："我要和助理一起商量一些事。"然后向余凌云一点头："走吧。"

余凌云立即过去，很自然地从教授手里把笔记本电脑包接过来。

那个很帅气的小伙子在教授一出玻璃门后，就一直守在教授身边，说了声："请。"把教授和余凌云带到本层的一个专门接待讲课学者的就餐包间。

小伙子把灯一开，便见一个长条桌子上摆满了各种食材，中间是两个小火锅。

安排吃饭，苟国栋是有预谋的，用他给夫人的话说："对这样的清纯女生，必须循循善诱。"

苟国栋的"循循善诱"是从余凌云的家庭状况开始的，他推了一下眼镜，语言清晰地说到余凌云的父母，说到余凌云的妹妹，然后说："我了解了一下，你的负担是很重的，所以我想通过从海外带东西，让你能够支撑家用。"

余凌云没想到教授这么下功夫了解她，不禁低下头，弱声说："我每次带东西回来，都给我钱呢。"

"那能有多少。"苟国栋说得很动情，"我跟我夫人已经说好了，除了每次回来的钱，到年底，再给你二十五万。"

"不！"余凌云连连摆手，"能跟您在一起学习，我就已经非常荣幸了，不能拿您的钱！"

"这不是我的钱，是咱们的钱。"苟国栋认真地说，"这个钱你不要，我们以后再交往下去就很难了。"

"为什么呢？我跟您学到了不少东西呢。比如今天讲的全球供应链就给我很大的启发，我注意到那些外国学生也很受教。"

苟国栋说："其实我今天演讲时引用错了一个数据，但他们已经形成了对我的信任，甚至是崇拜，所以毫不怀疑我的数据。这是什么？这就是影响力。"

余凌云心里一动，说："影响力在经济中起作用吗？"

"当然了。当年的希特勒，就因为他在纳粹中有影响力，所以他发动战争，大家根本不去怀疑，觉得跟着他就行。这时候，所有做军用品的商家都稳赚不赔。"

苟国栋的话，启发了余凌云，她突然有了一个朦胧的想法，是不是可以做一个微信公众号和抖音账号，以老百姓感兴趣的空姐工作生活为主要内容吸引大家，粉丝多了以后也就成了气候，成气候以后再加入经济内容，这不就是有影响力的商铺吗？

吃完饭，回宿舍的路上，余凌云情不自禁地想着自己的微信公众号和抖音账号。

“凌云。”水旋风的声音。

余凌云着实吓了一跳。

看着水旋风走过来，余凌云再也忍不住愤怒：“你怎么能监视我？”话一出去，几乎是怒吼。

水旋风从没见过这样的余凌云，自然也吓了一跳：“你……别发火。”

“我说去香港，就是不想和你见面！”

水旋风愣了。“不是……”他连忙解释，“我听说苟国栋今天下午给华盛顿大学研究生上课，在市里，在远程通信大楼……”

由于余凌云的愤怒，他一下子语无伦次，也不知道说什么好，便把苟国栋的事抖了出来。

其实也是听到这个消息他才坐不住的。想到余凌云有可能去见苟国栋，他就在手机上看了演讲的直播。

他想看到余凌云，以此证实她说了假话；又不想看到余凌云，说明她没有说谎，确实去香港了。他一直看到最后，直播快结束时，苟国栋从远程通信室走出来。那边的上课结束了，这边的直播还在继续，他看到了排队签名的人，看到站在签名队伍旁边等着苟国栋的余凌云。

他顿时感到从头冰到脚。“二十年的坚守跟随，二十年的不懈努力，难道就因为这么一个突然出现的教授，她就要对我撒谎？更重要的是，一旦撒谎一次，就会有第二次，就会无限地撒下去。”

现在，他几乎无法收拾局面。

余凌云哭了，蹲在地上，抱着头。

其实对水旋风发过火之后，余凌云就后悔了。这是一个长期守护自己的男人，一个对自己不离不弃的好小伙，对这样的人发火，让他手足无措，她心里很懊悔。

她突然想到，自己或许应该刺激他，让他猛醒，先无地自容，然后发奋努力，迎头赶上苟教授，甚至超过苟教授。

水旋风赶紧去哄她，也蹲下，哭丧着脸说：“对不起凌云，真的对不起。我错了，一定改。”

“滚！我永远不想再看到你！”泪还溅着，她拿出手机，一边操作一边哭着说，“我拉黑你，你永远别再想打通我的电话，别再想给我发微信。你这么大个人，不想着超过教授，成天像跟屁虫一样跟着我，不丢人吗？”

“别！”水旋风伸手去夺她的手机，她一怒之下，把他推倒了。推的劲儿有点大，水旋风背朝后摔倒了，头磕到了地上。

要是平时，她肯定去扶，但这次她没理会。她知道如果不表现出盛怒的样子，不会触及他的灵魂，他绝不会往高处想，更不用说努力。她根本不朝摔倒的水旋风那儿看，大踏步地进门上楼了。

这一幕被从外面回来的文香看到，她慌忙跑过来，扶水旋风起身。没想到水旋风已经昏了过去。她大喊一声：“有人没有？快来呀！”

当然有人，水旋风的车是由司机开的。

平头哥一开始就知道，水旋风这次见余凌云，恐怕大事不妙，就对水旋风的司机说：“看紧老板，一刻别离开！”其实，要不是因为几个从京城来的客户要谈合作，他就跟水旋风一起来了。

可司机对待水旋风哪能如平头哥那么上心，一直在车上玩手机。一听见喊声才跑过来，和文香一起，把水旋风搬到车上，立即送往医院。

正陪客人喝酒的平头哥接到电话，啪地一拍桌子，把两个杯子震倒了，啤酒淌了一桌子。他让司机开车，奔到黄河大学第一附属医院，几乎是和文香他们一起赶到医院门口。他的车还没停，就朝文香他们喊：“我来了！”

他的声音太粗壮浑厚，医院门前那么多人，一下子被他的声音镇住了，都朝那儿看。

说来也奇怪，一路上水旋风都昏迷着，平头哥的声音一响，竟醒了。

“怎么回事？”

文香没吭声，但松了一口气。

还是司机对他说：“那个余凌云，你那个对象，不见了，你昏倒在地上。”

“到这儿来弄啥？”

平头哥赶过来，上了车，说：“还能干吗，给你看病嘛！我们都吓坏了。”

“不看，回去！摔一下有啥了不起。”水旋风说着就要下车。

平头哥拉住他，说：“去做个脑部检查，看看摔出问题没有。”

“我这儿清清楚楚。”水旋风说，“出不了问题。”

文香给余凌云打电话，余凌云一直不接，第三次才接上。

文香也急了：“你差点儿杀人了，水旋风昏迷不醒！”

“别装神弄鬼了！在地上磕一下就能昏迷？”

“真的！你把他推倒，他的后脑勺磕到水泥地上了。”

余凌云觉得文香那边的声音不对，显然是免提，而且没有那种急破头的声调。要是水旋风真还昏迷不醒，她一定会声嘶力竭。想到这里，为了进一步刺激水旋风，她狠狠说了一句：“那样不思进取的人，死了拉倒！”

余凌云的目的达到了，水旋风和平头哥都听着电话。她这一句话对水旋风的伤害太大，他听到这句冰冷无情的话后，哇的一声哭了起来，紧接着转为号啕大哭。

看着水旋风，平头哥比自己悲痛还要难受。他忍不住在车门上砸了一拳，结实的奔驰车门竟被他砸出一个坑。

第九章

失魂落魄的教授　别出心裁的创意

飞机已经进入中国领空，一个多小时后就要飞到黄河市，余凌云却遇到了一件非常恶心的事。一个乘客故意刁难她，好声好气跟他讲道理，他却扬言要投诉余凌云，直到机上的航空安全员过来才肯消停。

文香拉着余凌云的手去到乘务员休息舱，余凌云一进来就哭了。

她不禁想到水旋风。一想到水旋风，她就满心愧疚。

她又想到苟国栋。能用智慧解决问题的人，是最有力量的人。“水旋风，你什么时候才能成长为这样的人？”

一想到苟国栋，便想搜一搜他最近有没有讲课。

她怎么也没有想到，苟国栋遇到了天大的困局。

年初，苟国栋在谈论北方肉联股票的时候，说这里的猪吃的是天然饲料，喝的是流动的泉水，所以肉是最安全环保的肉，他甚至称北方肉联的猪肉为五星肉。一时间，北方肉联的股价大涨十几倍，从七块一下涨到八十二块。很多投资者都因为他的评述而跟进，认为这是只牛股、环保股、真真正正的五星股。

然而就在十天前，晚上黄金档的新闻视频曝光，北方肉联的猪喂的是瘦肉精，有图，有视频，有采访，还有饲料化验单，铁证如山。

第二天股市一开盘，北方肉联的股票立即跌停。一连十天，一路狂跌，直至跌破了发行价。

就在北方肉联股票跌破发行价的当口，有心的股民发现，当天下午两点，苟国栋将在长水大学演讲。并立即有网友股民搜索到，苟国栋将在喜来登酒店休息并进餐，于是，愤怒的股民迅速集结到黄河市喜来登酒店。

余凌云后来给他发去微信：“千万千万不要往心里去，我很快就去找您。现在的人，有谁能认真承诺说过的话呢？他们给您说猪吃的是天然饲料，喝的是流动泉水，私下却换成瘦肉精。您一定要挺住，您是大家，我相信您一定有办法解决。”

她又莫名想起了水旋风。这半个多月，水旋风没有再来找她。她虽然感到轻松多了，但心里突然有些惭愧，甚至有些难过。

到了机场，下了飞机，又是教授夫人来接她。

没有水旋风来送壮馍，大家开始不习惯，但渐渐也就不再问了。乘务长知道情况后，语重心长地说：“壮馍虽然好吃，但我们凌云的幸福更重要。”

这次带的是钻石吊坠和水晶项链，很小。交接完后，余凌云让文香跟大家去乘务大楼。她对夫人说：“走，我跟您去城里。”

夫人很意外，因为以往交接完毕，余凌云就和文香回去了。她这一次其实很不想让余凌云跟自己去城里，不想让余凌云看到教授尴尬的样子。

“哦——”她沉吟一下，“你有事吗？”

余凌云看着教授夫人，不解地说：“教授遇到困难了，你不知道？”

夫人苦笑一下：“我以为你不知道呢……我也不想让你知道。”

余凌云：“教授这会儿是最需要支持的，走，没说的。”

上了车，夫人叹口气，对余凌云说：“不想让你去还有一个重要原因，就是遇到这种事情，教授都束手无策，这就是典型的秀才遇见兵，这事情发生过两回，教授都是硬挺，就是人们说的死猪不怕开水烫，脸上难看的，挺一挺就过去了。”

余凌云一愣，她怎么也没有想到，教授的软肋在这些事情上，她想：“怎么能有死猪不怕开水烫的想法呢？不行，坚决不行！这要是放在过去或许可以，没有新媒体的推动，多大的事情，知道的人却很有限；但现在不同了，是新媒体时代，教授的光环被成倍放大，他的名望、事业如日中天，人们则趋之若鹜。然而，一旦他人设崩塌，信誉扫地，新媒体也会成倍放大，那么教授就完了，就什么都完了。”

将近中午十二点的时候，她和夫人到达喜来登酒店门口。这里依然聚集着许多人。有两个壮年人打着一条横幅，上面用黑墨写着一行大字：围堵荀国栋。

余凌云心里悲哀极了，她想，荀国栋一定能听见他们的呼喊，比起前些天在体育场的排山倒海的呼喊：“要赚钱，哪里弄，紧紧跟着荀国栋！”真是一个在天上一个在地下。才一两个月时间，就发生了天翻地覆的变化。

她想，看来事情如夫人所言，教授没能解决问题，否则这些人不可能还围堵在这里。

夫人摇摇头，叹口气：“你先上去，八一八房间，荀老师刚刚给我发了信息，我去买一点东西回来。”看着余凌云脸上的愁容，苦笑，“你看，这么多人都因为荀老师而来，这也是人气嘛。现在这社会，就是人气社会、粉丝社会，只要有粉丝，什么都好办！”

这话又一次冲击了余凌云的思维：“‘现在这社会，就是人气社会’，我一定要把微信公众号和抖音账号做起来，做出影响。”

可是，怎样才能做大影响呢？那么多人在做微信公众号和抖音账号也没见有影响，自己能吗？

余凌云这样想着，便来到了教授房间的门口。

八一八房间是个里外大套间。余凌云按响了门铃，应声来开门的却是一个穿着T恤、满身肌肉的中年男人。余凌云进到房间，见客厅里坐着一个男人，扎着领带。

“找谁？”

“苟国栋教授。”她怀疑夫人说错了房间。

突然从里间传出苟国栋的声音：“小余你请回。”

坐在外间扎着领带的男人站了起来：“我认识你，你是苟国栋的助理。也好，进去吧。”

她一推门，看见苟国栋和一个小个子男人对坐在写字台前后。苟国栋两只手撑着脑袋，一筹莫展的样子。

小个子男人说：“余助理来了。”他指给她另外一个凳子，“没办法，我们也不是要为难苟国栋教授，这是我们北方肉联公司的事情，公司是股东投资的，我们只是公司的管理者，必须对股东负责。我们原来和苟国栋教授有对赌协议，如果股价涨到一百元以上，我们给他一千万；股价如果平平，我们双方互不打扰；但是如果股价狂跌，只要跌破发行价，他倒要给我们两千万。一般来说，这是不可能的，大不了股票不上去，但也不会跌破发行价。可这个瘦肉精，把股票弄成这样……如果今天你们不签，下面的群众就不会走。我们会发消息，说苟国栋教授和他的助理余凌云被困在喜来登了，还会发一些照片上去，证明你们确实在这儿不签字。”

余凌云问苟国栋：“股票还会回来吗？”

苟国栋一抬头，说：“只要用一个月左右的时间加大宣传，说我们坚决取缔瘦肉精，并且取消农户饲养，一律改为公司集体饲养，同时和美国加州养猪企业联合，这个股票毫无问题。”

“现在是什么状况？”余凌云像个经济学家似的，发问简短有力。

小个子男人把写字台上的那份协议递给余凌云：“你看，叫他签一个协议。现在股票已经跌破发行价，按照之前的约定，他应该给我们两千万。也不是叫他现在立即拿现金，可以先打个欠款条子，六个月后，如果股票还不能涨回到十块，他再付；如果涨过十块，协议自动失效。”

余凌云听罢，拿过协议，认真看了一下。确实，人家说得没错。那么，苟国栋为什么不签呢？

她想，教授未必知道普通股民的心理。他们只想跟着他赚钱，如果让他们赔了，他们肯定不愿意。而现在，只要让他们减少损失，他们就愿意。

于是她说："教授，您不要气馁，我们乘务队有个同事拿了十万元做股票，我知道她的心理。只要让他们相信，攥在手里的这个股票是个金元宝，他们就绝不会抛。您刚才说的那些挽回公司猪肉形象的想法，都是好点子，是救市良方，只要……"她看着小个子男人，"这些点子你们会不会用？"

"当然用！"小个子男人从余凌云的语言中看到了希望，"我告诉你余助理，我们让他签这个协议，其实是让他继续为我们说话站台。我们一定会翻过来的，我们一个这么大的公司，在乎这两千万吗？"

余凌云看到希望了，到写字台那面，小声对教授说："您把刚才那些想法写到这个协议下面，作为一条。如果他们按照这个方法做了，还不翻盘，我们给他两千万元。如果翻过来了，每股过了五十，他们给您五百万元，每股过了一百，他们再给您五百万元。"

反倒小个子男人说话了："这个可以啊。"接着对外面的人喊道："来来，把刚才说的，加上。"

小个子男人站起来，对余凌云说："你再跟他好好说说，我把你刚才说的补充到协议文本里去。"说着，他走出房间，并顺带关上了房门。

苟国栋顿时弯下身子，垂下头，泪如泉涌。

余凌云过去，摇着他的肩膀："这不就解决了嘛，只要您人好好的，您的脑子就是最大的财富。"

苟国栋吸了一下鼻子，说："股市千变万化，不是你想象的那样简单，说回不来就是回不来。你就是使出九牛二虎之力，照样不会翻盘。"

"不会的。"余凌云说，"您是大经济学家，大家还是相信您的，您毕竟是大经济学家。”

苟国栋摇摇头：“没有用，大家认的只是钱，没有人认头衔。”

余凌云悄悄话一般在他耳边说：“酒店外面那些股民，是这些人有意透露出信息才聚集围堵起来的，目的就是让您签这个字。您签了，他们走了，外面的股民自然也就走了，起码眼下是安全了。您下午还有讲座呢！”

“但是，这个字一签，如果下半年股票回不来，咱可就真要给他们两千万啦。”

“肯定到时就回来了，特别是和美国加州养猪场签合同的事，要大力宣传。这一利好消息，不把股票推上去不可能。”

余凌云突然觉得自己很清晰，胆子也很壮。“再说了，即使是下半年回不到五十元，起码会上十，您不就不用还两千万元了吗？”

苟国栋摇着头，说：“你不知道股市的凶险。那个洗发水，当年股票一下冲上天，成了中国最大的洗发水公司，但就因被爆出配方里有有害物质，股票一泻千里，再也回不了头。这次瘦肉精事件，和洗发水配方事件惊人地相似。”

大约半小时后，外面的人把合同准备好了，给苟国栋看。

苟国栋看过，递给余凌云：“你再看看，我头脑昏了。”

余凌云一看，没错。

小个子男人眼睛一亮：“余助理可真是个麻利角色！”

于是苟国栋签了字。

就在小个子男人和苟国栋握手的时候，教授夫人回来了，笑嘻嘻地和门外的人打招呼。

小个子男人跟余凌云握手，说：“余助理，晚上教授讲完课，我们请客，请一定大驾光临。”

“不用了。”余凌云说，“我们也静一静。这一闹，教授身心疲惫，得休息一下。谢谢！”

人走了，苟国栋一下子轻松不少，也有了话。走到外间，他让余凌云坐到沙发上，说："你跑欧洲这两趟，正是瘦肉精事件发酵的时期。我一开始就意识到潜伏着危机，果然到了目前这个局面。"他叹一口气，继续说道："我们还是要赚钱，赚多了，就不用做这些狗屁承诺了。"

夫人立即跟进一句话："下面我们再找一些人，都带，都在五公斤以下，不犯法又不违反你们公司规定，多带就能多赚。"

余凌云心里有点沉重。虽然不违法不违规，但总觉得不对劲。可既然不违法不违规，也就没有充足的理由拒绝，于是她沉默地点了一下头。

夫人一下子搂住余凌云，说："一年后，我们把账算一下。不管赚多少，都是咱们一起的。"

三人刚一出门，苟国栋却突然停步："不对，他们怎么不来接我去讲课？我打个电话。"

"以往都是他们打电话来的，"苟夫人说，"怎么回事？"

苟国栋打开手机，却看到了一条信息：

苟国栋教授：

鉴于瘦肉精事件还在发酵，我们决定取消这次讲课。

长水大学教务处

"他妈的！"苟国栋气急败坏地骂了一声，伸手到头顶，一把将假发抓下来，恨恨地摔在地上。

余凌云没想到讲课是这个结果，也没有想到教授会如此气急败坏，但她有意微微一笑，说："教授，您有一肚子学问，遇到这点事算什么呢？"

夫人立即配合："就是，不就签个字嘛！"

"对了。"余凌云笑着往苟国栋跟前一凑，"您不给他们讲课了，可以给我讲课。我想请教您一个问题。"

苟国栋一愣，看着余凌云，精神回暖不少，说：“好，只要是经济方面的，我几乎都通。”

其实余凌云这些天一直都在想这个问题，也跟文香商量了几回，所以说出来基本是成形的：“我想注册一个微信公众号和抖音账号，一个以空姐名字命名的微信公众号和抖音账号。一般人对空姐的生活都比较好奇，不断发些东西上去，人们就会关注，粉丝肯定大增。影响大了，就可以做一些事情，比如代购。”

“这个……”苟国栋沉吟了片刻，说，“我想过这个问题，但你把人们对空姐的好奇放大了，人们其实没有那么好奇。你可以搜索一下空姐的微信公众号和抖音账号，光我记得的，就有‘美丽空姐’‘空姐娇娇’等，注册得比较早，做得还不错，每天都会推送几个不同的内容。但是，粉丝量呢，还不到一万。”

余凌云万万没有想到，自己琢磨了十几天的事情，教授早就考虑过了，还做了调研，并且给了否定的答复。

她自然很失望，教授也发现了，便说：“你有这个想法，说明有进步。首先要占有稀有资源，然后才能成为人们的焦点。”

见余凌云依然若有所思，他便又说话了，如在讲台上：“除非你在空姐的岗位上做了别人做不到的事，解决了别人解决不了的问题。”

余凌云点点头，欲言又止。

苟国栋笑笑，说：“你再想想，我也再想想。不能说这个就行不通，只是还需要进一步开拓思维。”

夫人趴在窗户上看，突然说：“哎呀，下面围堵的人都走了，干干净净，不用担心了。”

第十章

恰逢其时的贷款　勇于担当的接管

旋风急给虽然比壮馍连锁办得晚，但是发展得远比壮馍连锁快。壮馍连锁发展得很稳健，这两年都是一百多万的年收入，原始资金是水乾坤投的。旋风急给不一样，从办手续到招人，再到给职工的食宿安排，水旋风认为，不能学那些冷酷的快递公司，员工既然已经在公司工作，就是公司的人，公司理应负责员工的食宿。公司的壮馍点布满了城市的角落，只要到了饭点，员工无论到哪个壮馍点，都可以领到两个壮馍一瓶矿泉水。壮馍点在员工的月卡上有显示，当日领取，在框内打一个钩就行。给员工租住的地方是小区民房，一间十平方米，放四张高架床，住八个人。仅这两个政策，就把许多本在别家工作的快递小哥吸引来了。旋风急给很快成了黄河市最大的快递公司，送壮馍的业务反倒成了次要。而且，省里的其他几个地级市也找上门来，希望也能把旋风急给开到他们的地区，并且有公司直接跑来要求加盟。

一段时间以来，水旋风一直不高兴，当然不是因为公司的发展，而是余凌云。他坐在办公室的老板椅上，赌气似的把一大杯茶喝下去后，把杯子咚地往桌子上一放。已经休眠的电脑，鬼使神差地打开了，屏保却是余凌云的照片，笑容灿烂，容光焕发。

“快一个月不见了，我能觍着脸再去见她吗？不能！”

嘴上这样说，心里却如饥似渴地想见。

他按了一下桌子上的按钮，让门口值班的小伙把平头哥叫来。小伙子去了，他的耳边却响起余凌云那句无情的话，他伤心地摇摇头。

突然，他若有所思："是不是，她是不是刺激我成为超过荀国栋的大人物呢？！"

前晚他一夜未眠，想着怎样才能把事业做大。开始想的都是另起炉灶，但那些都是他不熟悉的领域，后来天快亮了，他起来小解。自己怎么走到厕所的，根本不知道，就是不知不觉走来了。那为什么不知不觉都可以走来呢？因为熟悉。水旋风突然顿悟，这和所谓的"做事业"是同一个道理。在完全陌生的领域闯荡，必定阻碍重重，力不从心；而在自己熟悉的领域做事情，自然得心应手，游刃有余。当然，所有这些都要一步一个脚印，否则光顾着做大，一旦资金链断裂，恐怕覆水难收。

他决定先让所有员工对公司产生情感。这样扎扎实实做下来，用不了几年，公司肯定有声有色。

不到半小时，平头哥来了，跑了一头的汗，进门就喊："水——"

水旋风递给他一瓶矿泉水，平头哥接过，咕咚地喝了才说："哥，融资还是不太顺利。这个漯水市想加盟，要拿八成股份，给咱两成干股，咱不用动手、不用费神就能赚钱。但是我明白你的决策，我们要珍惜自己的羽毛。"

水旋风说："我知道你这几天跑融资跑毛了，但是咱必须投百分之五十一。只要六十万块钱，咱控股，咱会下大力气，他们的人也不敢糊弄，质量就能上去。质量上去了，名誉就越来越好，加盟的人就会越来越多。最近大别山市想让咱全投，我不同意，全投也不行，必须有地方上的人加入，地方上没人支持不行，每个地方都有每个地方的特点。"

"对。"平头哥说，"再就是强龙压不住地头蛇。"

"还有河阴市、阳丘市，这两个城市一阴一阳，风格也不一样。不管怎样，还差近千万元，得赶紧融资。你就跑这个事。"

平头哥平时不吭气，但真正到了事情上，语言也利索："我可能是小农意识，总是想，咱一个一个城市地建，滚动着发展，就不存在资金问题，也稳定。咱们是要扎扎实实地做，但也要加快速度，壮馍和旋风急给一起上，把旋风急给做上去，同时就把壮馍做上去了。"

"对，必须。"

这时电话响了，水旋风立即接住："喂，爸，真是想你了。"

电话那边说："你回来一趟吧。"

"爸，有事吗？"

"没事就不回来了？"

水旋风赶回家，却见父亲和一位女士在客厅喝茶。他响响地叫一声："爸——"

水乾坤笑了，说："来来来，认识一下，这是黄河银行涂行长。"

水旋风立即过去和涂行长握手："涂行长好。"

涂行长礼貌地笑笑："行里要求我们行长副行长沉到基层，切实了解重要贷款的状态，避免不良贷款。我就到这儿来了。"

水旋风坐下，水乾坤递给他一条毛巾："擦擦汗。我已经跟涂行长谈好了，用咱们的祖业抵押，贷款一千万，给你的旋风急给发展。"

水旋风万万没想到父亲着急叫他回来是因为这事。长期以来，父亲对他的理解和支持，让他始终精神抖擞地冲锋陷阵，这么多人说父亲卦算得好，其实他知道，父亲都是因势利导，因人而异地处理时机和大势，所以才占领了生命和生活的制高点。自己学习不好，父亲从来没有责备，反而夸自己身体好，而且鼓励自己，只要身体好就能成大事。遇到多大坎，都是父亲及时地推动一把，自己就闯过去了！突然想到余凌云，余凌云应该也是想让自己发展成教授那样的叱咤风云的人物，但是，她如果有父亲这样循循善诱的方法，多好呀！

水旋风禁不住立即站起来，给父亲深深鞠了个躬。

这时涂行长说话了："其实你的壮馍我经常吃。原来每次想吃都要跑到咱们古荥蚌泽来，现在好了，在城市任何角落都能买到。最近一个月更好了，直接可以在办公室网购。送到时还是热的，真好吃。”

水旋风微微一笑，说：“最近改良了配方，比过去还好吃。”

“确实。”涂行长说，“我爱人是咱壮馍迷，每周不吃壮馍过不去。他前些天就说壮馍变味道了，变得吃一个不够了。现在，他们局加班，特别是出现场，加班快餐都是壮馍。”

父亲笑着补充说：“涂行长的丈夫是黄河市公安局局长。”

水旋风一惊，说：“原来如此！那次有人在我们壮馍店外闹事，竟然还有一个警察给他们撑腰。后来我们写信给局长反映情况，应该就是你丈夫。局长亲自下令，处理了那个差劲警察，还专程带队到我们公司道歉……可惜那天我在北京出差。”

涂行长笑笑，说：“这事他回去给我说了，其实他那次是想顺便和你说说，把壮馍列为警察执勤的首选快餐的事。但你不在，就没有谈。”

水旋风笑道：“感谢局长厚爱，看他的时间，我去拜访他。”

涂行长抿嘴一笑，留下一行电话号码：“你和他联系吧，这是你们的公事，我不掺和。我这就走，行里还有事。下午咱们就把合同签了吧，刚才草拟的我带回去，让法务再过一下。”

送走涂行长，水乾坤让儿子坐下来喝茶。待儿子坐定，水乾坤才切入正题：“你和凌云出问题了吧？”

水旋风就怕父亲提这事，头一歪，说：“没有，好着呢！”

“好着呢？”

“好着。”

“那你为什么十几天没去余如梦那儿？”

“噢……”水旋风摸摸后脑勺，“这些天太忙。”

“忙的大事我这就给你解决了。”水乾坤说着，把水烟袋拿起来。水旋风立即给他装烟丝，划火柴点着，然后闪在一边。水乾坤深深吸了一口，徐徐吐出来。他迅速把燃了一半的火柴递过去，父亲又深深地吸了一口，这才把烟筒子抽出来。嘴一吹，噗，烟灰掉到了烟灰渣斗里。

水旋风看着烟灰渣斗，知道父亲爱这玩意。父亲说是明清的一个宝贝，文物市场淘的，价格不菲。

对于水乾坤，水旋风是非常孝顺的，甚至有点无微不至。感受着来自儿子的一片孝心，水乾坤心里很滋润，不徐不疾地说道：“喝茶吧。”

水旋风端起茶杯，小小呷了一口。其实他想一口倒进去的，但他知道那样一倒，父亲又要说他每逢大事无静气。

水乾坤等他缓缓放下茶杯，说：“我知道是因为苟国栋的事。我看了黄河体育场的直播，还看了远程通信的直播。”

“哦……”水旋风知道瞒不住父亲了，点点头，“是的。”

“我看了一下他的式子，这人太装，不管坐还是站，甚至是走路，都有一个式子。依这式子，举手投足，人都不舒服。不舒服还这样扎这式子，就是装，装给别人看的，这就叫装腔作势。”

水旋风连连点头说：“爸你说得太对了，我看到了，但没想到这么深，这么形象准确。”

“所以呢——”水乾坤又拿起水烟袋。

水旋风立即起身给他装烟点烟。

抽完一袋，水乾坤才说：“他长不了。有些人装腔作势一辈子，能瞒天过海，那些人大部分都有血性，急了能赴汤蹈火，而他身上没有。他一遇事就会稀泥一样淌一地。人想救他，连扶他起来的地方都找不准。”

“但就这样的人……”水旋风本想说，“就是这样的人把我比下去了。”可话到嘴边又咽了回去。

“我看了瘦肉精的报道，”水乾坤说，“这家伙会栽在这个事情上。”

水旋风眼睛一亮，笑着说：“爸我明白了，我加把劲儿。”

这时候进来一个漂亮的年轻女人，身后跟着一个高个子中年妇女，显然是保姆，怀里抱着一个小孩子。水乾坤假装没看见，自然也不招呼，而水旋风不知情况，更不能招呼。

姑娘走到水乾坤跟前，弯下腰说："水伯，求您了。"

水乾坤假装才看见，朝她摊了一下手："噢，小安，坐，坐。"

姑娘坐下了。

水旋风给她倒了一杯茶。

姑娘却没有动杯子，看着水乾坤："水伯，您看，这一天赔几万，我哪有这么多钱往里面赔呢？"看了身后大个子妇女一眼："不单单是这，还有儿子要养，雇保姆每个月好几千呢。"

"是啊，一个女人，带个娃，不易。但是呢——"水乾坤提起水烟袋，水旋风立即过去给他装烟点烟。待烟抽完，水乾坤才继续说道："这就是保江山。你那个世纪星大厦值两三个亿，赔这点钱算什么。"

姑娘立即摊开手，脸上一筹莫展的样子："水伯，这大楼又不是肉，可以切了一块一块地卖。"

"噢，那你咋想呢？"

"我想来想去，咱镇上的能人，就您一个。您如果帮着我经营这个大楼，肯定能赚钱，起码不会再赔了。"

水旋风见状，一时丈二和尚摸不着头脑，茫然地看着眼前的女士。

关于这事儿，要从一个月前说起。

镇上有一个开矿的大户，蒸桑拿时脑出血，死了。他儿子李矿生正在外地上大学，闻讯匆匆赶回来接班。而这个年轻女人就带着娃去寻李矿生，说这娃是他爹和她的，也应该有一份遗产。李矿生一下没了主意，就来找水乾坤。

开矿大户包养女人这个事情，水乾坤其实早就有所耳闻，不过只是听听罢了。现在出事情了，开矿大户的大儿子李矿生来寻主意了，而且明显是不想给人家年轻女人的。分毫不给人家，于情于理都是不对的，开矿大户的每一份家业，按照法律，他的血脉都应有份。

于是水乾坤不拐弯地问李矿生，那个娃到底是不是他爹的。李矿生头低得很低，说那娃都不用做DNA，长得跟他小时候的照片一模一样。

水乾坤就盯着这个李矿生看，看得李矿生不知所措。

“要我说呢，还是要给的。不然人家到法院一告，你不但要给，而且要给得一分不少。更重要的是，让你父亲经营了一辈子的面子全部泡汤，在人们的心里一钱不值。你呢，就继承了你父亲的恶劣名声，以后还怎么混人？”水乾坤这话一说，李矿生立即毛了，说他愿意割一块肉给这女子。

水乾坤继续追问李矿生，想把哪一块给人家，李矿生想了半天，说哪一块都舍不得。水乾坤帮着分析了一下李矿生目前的财产，最值钱的是世纪星大厦，其次是几个矿，区别是几个矿每日都赚钱，世纪星大厦却在赔钱。他把话说到这儿，是想让李矿生把最值钱的给孤儿寡母，因为矿虽然每天赚钱，但靠的是如履薄冰的经营，如果转给一个一窍不通的弱女子，很快就会垮。而世纪星大厦呢，如果图省事儿，孤儿寡母的一下子卖了，能换得母子俩一辈子衣食无忧的好日子；如果留着经营，只要找对合伙好好打理，是会有盈利的。

李矿生最后决定，把世纪星大厦给她。

女人开始时高兴极了，但经营没几天，就跑到水乾坤这儿来求助了，也让水旋风撞上了。

水乾坤笑着说：“谢谢你这么高看我。你也知道，我经营着我家这店，分店十几个，能管理好就不易，怎么能分心呢？”

女人说：“我问了好多人，都说只有您能帮我，您说啥成啥。您这娃娃开个公司，也弄得跟开火车一样有声有色。我想了，您如果同意，我就啥都不管了，要贴钱您贴，要赚钱您赚，每个月给我们娘俩一两万块钱，能过就行。只要这个大厦是我的，就好着呢。”

水旋风一听，想了想，觉得这大厦什么都好，就是不在市中心，赔钱是跑不了的。

水乾坤又抽起水烟来，水旋风又去装烟点烟。

水乾坤把水烟袋往桌子上一蹾：“好，合同弄好了没？”

女人早有准备，从包里拿出合同。

水乾坤看了看，拿起笔，把每个月两万改成了五万。

水旋风说：“爸，你……”

女人一看：“水伯，您不用这样大方！”

水乾坤站起来，走了一圈，郑重地说道：“这合同一签，马上整个古荥蚌泽就知道了。我水烟袋一辈子没坑过人，不能让人家说我欺负孤儿寡母。”说着，在合同末尾签上了名字。

女人立即从包里拿出印泥，水乾坤用大拇指按上了手印。

就在女人拿着合同，伸嘴呼呼地吹干印泥时，水乾坤说：“旋风，这是安姑娘，你正式认识一下。”

水旋风立即朝女人点点头：“安姑娘好。”

安姑娘朝水旋风伸来手，水旋风轻握了一下。

水乾坤对安姑娘说：“我明天就过去办公，先拿五十万去周转。”

水旋风一惊，却没有表现出来，只是悄然看了父亲一眼，似乎不认识。

安姑娘走后，水旋风低下头说要走，水乾坤却叫他坐下。

“你是不是觉得划不来？”

水旋风点点头，说：“这个大厦，在这地儿，远离城市，不可能赚钱。”

“这个你放心。”水乾坤说，“远离市中心是缺点，也是优点，就看你怎么经营、怎么宣传。如今几乎每家都有车，远，反倒成了离开闹市的优点。你放心吧，我已经想好了咋弄。”

水旋风并不抱希望地说：“爸，只要不往里面赔钱就行。”

水乾坤往儿子跟前走了一步：“你想想，咱这个古荥蚌泽，古时候多大的名声！把它的名声挽回来哪怕一点点，咱的大厦还能没人住？”

水旋风尴尬地笑了笑，不置可否，其实他不太相信。父亲毕竟这么大年纪了，不说和时代脱节，起码不是年轻人，很难跟上潮流。现在的宣传主体已经不是报纸电视，而是新媒体了，在这方面，父亲这一茬人都过时了。

水旋风心里想归心里想，嘴上却说：“爸，你肯定行！”

“好了，”水乾坤拍拍儿子的肩，“我还不知道你那点小心思？我不会赔钱，也不会把咱的祖业贴进去。”他推了儿子一把，“快去余凌云家吧。”说着又拿起了水烟袋。

水旋风要过去装烟，他一摆手：“快去吧，余凌霄通知书拿到了，拉到这儿来吃饭，庆祝一下。”

水旋风一惊，问：“拿到通知书了？哪个学校？”

“去了不就知道了。”

但他还没有走出家门，就听见了余凌霄的声音：“水伯——”

水乾坤高声应了：“哎——”

余凌霄跑到了水乾坤跟前，气喘吁吁地往地上一跪，扑通扑通扑通磕了三个头。头磕在地上，都有响声。

水乾坤立即扶起余凌霄，连声道：“瞧这娃娃，你这娃娃！”

跟在余凌霄身后的余如梦也走进屋来，一边把通知书拿出来递给水乾坤，一边高兴地说：“水兄，你说娃能考上，还真说准了。娃也听了你的话，没灰心，果然等来了好消息，这不，还是不错的学校呢。”

水乾坤接过一看，说：“还真是，轻工业学院，模特专业！”

他心里知道，轻工业学院是本市的三本学校，最后一批录取，录取分数低一些，特别是余凌霄的这个模特专业，是要看基本条件的，那就是长相和艺术气质，恰恰这两样，余凌霄都占着。

水旋风也兴奋地拿过通知书来：“我看看。”他抚摸着通知书，“封面还是烫金的呢！”

水乾坤问：“凌云回来没有？”

余如梦回：“现在在飞机上，这回飞的是迪拜。”他看着水旋风：“旋风应该知道吧？”

水旋风微微一笑。

“你看你，水哥和姐姐两个人的私密通话，你不能问！”余凌霄笑着说父亲。

余如梦连连点头，说：“对，爸爸不该问。”

第十一章

新生的视频账号　意外的别墅馈赠

回到宿舍，余凌云连澡都没洗就躺到床上，睁着两只眼睛看着天花板。

文香起来上厕所，吓了一跳。

余凌云喃喃说："我给教授说了我的创意，他对我的这个想法不但不看好，甚至几乎一开口就否定了，而且说……"

文香盯着余凌云："说啥呢？"

余凌云吸了一口气："他说他琢磨过这个事，直接就说了不行。"接了一句："很果断的。"

文香沉吟一下："这……他可是神通广大的大教授，他说不行……我看咱……"凑到余凌云眼前："是不是再想想?！"

余凌云突然在床上砸了一拳头："弄！咱们弄！"

文香睁大眼睛："不听教授的？"

余凌云看向文香，坚决地咬了一下牙："不听他的！"

文香咬了一下嘴唇，眼睛看向一边。

余凌云扳了一下文香的肩膀，遂看着她的眼睛说："教授要真有事事通达的本事，也不会出现瘦肉精的事。"

文香看着余凌云的眼睛，心突然动了："凌云，我第一次看到你这么坚定，这么充满信心。同意你的决定！咱们的设想，每一步都是对的，都是可以预见结果的，怎么就不行呢？”

余凌云：“说得好！不能因为一个大人物否定了，我们就盲目地听从。”

文香昂起头，声音也提高了：“对，我们弄！我们大步往前走！”

余凌云：“那个歌是咋唱的？妹妹你大胆地往前走，往前走，莫回呀头——”

文香一摆手：“对，往前走，莫回头！”

于是，两个人觉也不睡了，决定在微信平台开一个公众号，在抖音平台开一个短视频账号，虽然在两个平台，却用一个名字，互相烘托，粉丝一般情况下在这两边都刷，也为粉丝提供方便。随后，她们开始为公众号和抖音账号取名。

余凌云说：“我比较了许多空姐公众号、抖音号和微博账号的名字，觉得叫‘空姐的窝’是不是好些？”

文香把这几个字打在手机上，在屋里转了一圈。“这样行不，叫‘空姐凌云的窝’？”

“不加我名字吧？”

“不！起码在咱们集团，你的名字还是有影响的。咱们集团一万多人呢，光这些人关注，就一万多粉丝了。”

余凌云犹豫了一下：“那……”

经过一个多小时的探讨，两人最后决定，公众号叫“空姐姐余凌云的暖窝窝”。

决定后立即注册，两人又憧憬着可能实现的美好将来。两人说着话，不知不觉地天就亮了。

十一天的时间里，余凌云给她的公众号和抖音视频号发了三十多条视频，都是空姐的生活内容。在宿舍的、饭堂的、训练房的，在上飞机前的、上飞机后的，怎样给客人准备饮料，怎样给客人准备饭，怎样收拾客人的小餐桌，等等，十分热闹。抖音对视频有十五秒钟的时间限制，所以她们发的视频内容都控制在十五秒以内。就这短短十一天，微信公众号粉丝数量已有一万四千多，抖音号的粉丝竟然将近两万。抖音粉丝超过一万的时候，平台通知余凌云，可以发一分钟的短视频了，余凌云和文香非常高兴，只是小试牛刀，就有了如此可观的收获，太意外了！

前两天，她拍了一个伸懒腰的小视频，也就七秒钟，是她刚从被窝睡醒起来时文香给拍的。她睡眼惺忪地说："补觉醒了，睡了十三个小时。"然后是长长的一声叹，也是真实的醒觉叹。由于真实，一下引起网友关注，粉丝量猛增了近十万，而且在网络上形成了一个新词：醒觉叹。更有一百六十多个粉丝问："你戴的什么手表呀？"还有的评论："手表多好看，哪儿有卖？"

抖音账号粉丝超过五万的时候，抖音平台就通知余凌云，可以发五分钟的短视频了。这样一来，解决了视频时间上捉襟见肘的情形，空间更大了。

文香高兴坏了："如果我们这时候开始接粉丝的单，做网络销售生意，肯定很快就能火起来！"

余凌云摇摇头说："不要急，咱们先培养感情。"

文香兴奋地在屋子里直甩手，说："原来咱们挖空心思钻书本、找教授，想寻找一条经济上的新发现、新路子。其实这路子就在我们面前，只是原来没重视、没发现。"

余凌云静下来，陷入沉思，其实好的机会，往往远在天边近在眼前，能不能发现，全靠一双慧眼。

余凌云觉得自己长期的努力有了体现，她想给父亲说说，拿起电话又放下，她想等微信公众号和抖音账号再火一些时再说。

这次飞伦敦，她和文香又在伦敦街头拍了两个视频。

一个是在大本钟下面，她仰头望着塔上的钟，娇娇地说："它是一八五八年建的，离现在多少年了？"然后有意掰着指头噘着嘴。文香在一边拍着，说：“忘记擦口红了，拍出来不好看。”她立即从口袋里拿出口红，只一擦，两片嘴唇一抿一噘，口红完美展现。

另一个是在伦敦双子桥一侧，她在用睫毛刷刷眼睫毛，几下子，两片睫毛立即向上飞扬，非常迷人。文香在一边喊：“你老闭着眼干吗？睁开眼嘛！”她睁开了眼，却打了一个哈欠，在斜阳的映照下，睫毛妩媚非常。

视频被发到网上后，顿时引起网友们的热捧。粉丝量几小时内就增加了几十万，公号的粉丝量眼看着离百万也就一步之遥了。

当然有不少网友向她咨询如何能买到口红和睫毛刷，她做了一个总回复：“姐姐不是做网购的，感谢大家的关注。”

一下子，又引起众多粉丝的追捧。

余凌云和文香怎么也没有想到，在她们接下来的国际航班上，余凌云碰到一个飞扬跋扈的乘客，上厕所时耍无赖说他半个身子不能动，要余凌云给他提裤子。余凌云和颜悦色地跟他沟通，对方却不依不饶，甚至大喊说要发微博微信控诉这个乘务组。余凌云自始至终没有愤怒，保持了一个空乘人员既温文尔雅又进退有度的风范。文香当时就觉得这个突发事件会产生影响，便在角落里悄悄录了下来，随后把视频做了马赛克处理，然后发到了网上。

过了一个晚上，文香去看手机，惊得睁大了眼睛。余凌云歪过头去一看，也惊得张开了嘴。“空姐姐余凌云的暖窝窝”，留言、评论翻了几十页还没完，而微信公众号和抖音账号上的粉丝数量都增加了七百多万。

下飞机的时候，余凌云和文香心情特别好，在走进候机大厅时，余凌云甚至哼起了歌：“妹妹你大胆地往前走。”

就在这时，苟夫人笑吟吟地跑过来，拿了她们带的东西，说教授请余凌云到黄河市迎宾馆。

“迎宾馆？”余凌云重复了一声，点点头跟苟夫人去了。

一进迎宾馆大门，余凌云心里挺高兴。住在这个地方，说明大伙对苟国栋依然重视，他的威风没倒。

苟国栋住在一个大套间里，见余凌云进门，迅速起来对夫人说：“给她看看。”

夫人笑笑，从包里拿出一个夹子，递给余凌云。

余凌云问：“这是什么？”

“你看看。”

她一看，是香港铜锣湾一处别墅的房产证，户主是苟国栋。

“这个……给我看干吗？”

夫人把一份公证书递给余凌云：“你看，我们公证过了，这个赠予你，香港公证处那儿有底，拿着这个房产证和公证书，这个房子就是你的了，谁不信，去香港公证处一查就知道了。”

“这……”余凌云根本没想到，立即往外推，“不行，太……”

苟国栋诚恳地说：“这个别墅放在你那儿，我们放心。”

夫人说：“上次瘦肉精事件给我们提了个醒，我们名下的不动产很危险。教授说了，你是可靠的人，托付给你，我们放心。还有，这样一来，我们以后带货赚再多钱，怎么分都好说，是不是？”

苟国栋说：“这只是一个形式，但有了这个形式，我们就真正是一家人了。”

余凌云很坚决，把房产证和公证书放到茶几上，直摇头。

苟国栋见她犹豫，进一步说：“房产证放到你那儿，也算帮我的忙。”直直地看着余凌云：“帮我，行不？”

“帮忙”两个字，打动了余凌云，她想到了瘦肉精事件，教授虽然是名人，但说翻车就翻车，财产也很麻烦。想到这里，她轻轻地点了点头。

第十二章

崛起的网红明星　特殊的接待任务

这一次接机，水旋风是在平头哥的鼓动下来的。

他多次想到了自己的谢顶，觉得余凌云对自己冷落，最重要的是激励自己进步，但也少不了谢顶的影响。所以他认真做了准备，挑了一个最好看的假发套戴上，反复照镜子，觉得不赖，才决定和平头哥一起去。

没想到还是碰了一鼻子灰。

水旋风把假发取下来，重重摔在地上："没有用！有没有头发，人家根本不在乎！"

水旋风上了车，啪地一关车门。

这时，平头哥看见文香从停车场前面走过。因为耽搁了一会儿，她没有赶上他们的交通车，就自己往乘务大楼走，好在也不是很远。

"文香——"平头哥叫了一声，跑下车。

文香应了，看着他，微笑着问："有事吗？"

"我和水哥送你。"

"好啊，这么巧！"

文香一直觉着，水旋风会是个好丈夫，但他钟情的是余凌云，她就一直在一边观望着。余凌云和水旋风如果真成不了，她倒有想法。她对余凌云说的那个运动员，其实只是别人介绍认识了，对方根本没答应什么，就是时不时地回一个微信。话说回来，那个足球运动员真是长得帅气，看上去特精神。想进一步发展吧，人家不给机会，说什么有比赛、一切必须保密之类的。

但，水旋风就是认准了余凌云。

“不然去吃我家的饭？”水旋风邀请。

文香一笑，说：“就是那个‘驴那个’？”

“对。”

“好呀。”

水旋风这才说：“文香，你是好人，肯定会帮我，是吧？”

文香明白，水旋风的话锋要朝余凌云拐了。因为在水旋风心里，只有余凌云。她点头说：“是余凌云的事吧？”

“你看你，一开口就知道是什么事。”水旋风压低了声音，“我放心不下她。”

“明白了。”文香抿嘴一笑，“你是想让我做你的卧底。”

“嘿嘿。”水旋风讨好地说，“不能这样说。”

“你说吧，都要她的什么情报？”

“她最近跟谁走得近？会不会发展成男女朋友？”

“这太难把握了，我怎么知道她会不会和谁发展成男女朋友。”

“你是聪明人，你懂的。”

文香笑了，水旋风也笑了。平头哥听见他俩笑，也跟风地笑了。

文香给水旋风发的第一个情报是：水旋风要继续提高自己的吸引力，因为余凌云已经是网红。

文香根本没想到，网红会有这么大影响。视频上，只要余凌云用个什么牌子的东西，这些粉丝都会一哄而上跟着要，昨天只是大致点了点数，就有上万条留言询问余凌云戴的手表。余凌云依然没答应给网友带，比起教授夫人交给她们的带货量，网友的需求量大太多了。她想提醒余凌云，完全可以不与苟国栋合作了，但她回过头来一想，余凌云心里肯定有数，便等着她的决定。

这几回苟夫人派的货太多，余凌云和文香只好动员了其他航线的姐妹。余凌云人缘好，所以大家也乐意，加上有那么一点小意思，也算是让空姐们都尝尝鲜。

但收货和交钱是问题，她俩成天飞着，几乎顾不过来。所以一到机场，就不断地接到同事们的信息，问要带什么货。当然，更重要的是，钱已经付了，货带回来了，得有人接。

好在接货的是苟夫人，她接货从未失误过。

这次她们下飞机后，看到教授夫人眼都红了，接过东西，她说自己都三十三个小时没睡觉了。余凌云说："要不咱歇一段时间，等你休息过来了再说。"她一直在想怎么终止带货，于是顺水推舟地说出了口。

"不行！"苟夫人斩钉截铁地否定了，并自我振奋地继续说道，"在利益面前，累一点没什么。"然后朝余凌云笑笑："咱们多赚一些，以后的日子就不用愁了。"

余凌云脸红了，心想，什么时候才能说出口呀？！

苟夫人却没有感觉到余凌云的心理变化："凌云，苟教授已经和你们集团的董事长约定，要调你到地面工作，不再当空姐。这样更加便于让空姐们带货。而且，有你在这儿撑着，我也不用这么赶了。"

"不！"余凌云连连摆手，"不能，我还没想好要不要转到地面。"

这是真心话，成为网红是她正在适应的事，要保住粉丝们的热情，就要为他们着想。什么时候以网红身份开始实现自己的理想，余凌云正在设想，但她首先给自己立了个规矩：不能让粉丝认为自己和其他做网店的一样，一味地卖东西。

还有，要做就合法地做，该交税就交税，该报关就报关。

余凌云和文香在更衣室的时候，手机一直在响，她只能接，因为这是苟国栋给的业务。虽然她知道这可能是最后的业务，但既然做到如今，就给人家做好，等想好怎么推辞再向苟国栋开口。最重要的是不能闹僵，他完全可以成为自己的好老师，在以后发展的关键时刻给予指导。

她早就想好了如何对苟国栋说，比如“乘务长找我谈话，指出带货的问题了，让我停止，否则就停职……”可什么时候说呢？教授能把香港别墅交付给自己，说明他对这事多么重视。如果自己这么说了，可能就永远得罪他了……

第二天下午，余凌云还睡着，电话响了。

她怎么也没有想到，是乘务长打来的。

“凌云，晚上有个接待任务，集团让咱俩参加。”

“好的。”她没多说什么，但其实已经知道。苟国栋发信息告诉她，他和董事长联系好，晚上要一起吃饭。

按照约定时间，乘务长已经在楼下等着了，她见到余凌云就笑着说：“苟国栋来了。”

余凌云顿时脸红了，立即解释：“他让我给他做了两回助理。”

乘务长：“给名人当助理，可是很风光的呀！”

她的脸更红了：“也没什么，就是义务劳动。”

乘务长：“这种义务劳动可是很多人向往的呀。”

余凌云没有再吭声，红着脸上了集团派来的车。

手机又响了，是苟夫人发来的订单。余凌云赶紧给她发了一条回复：“这会儿和领导在一起，没法派，晚上办。”随后把手机调到静音。一会儿又来信息，是从法兰克福飞回的空姐同事的信息，已经下了飞机，马上到大厅。她只好赶紧转发给苟夫人。

余凌云和乘务长被带到集团大楼，在大楼最高一层的会客室里。她们坐在沙发上，有人端上茶水和水果，让她们少候。

手机上又传来回程信息，她只好再转。

乘务长看向连着会客厅的关着的大门，门上包裹着厚厚的金丝绒，里面肯定是一个更重要的地方。果然，大门打开后，几个一水黑西装红领带打扮的年轻小伙子走出来，其中一个就是集团庆典时的庆典办干事小于。他看见余凌云连忙握手，然后朝里面一伸手，说：“请。”

“你不是在庆典办的吗？”余凌云问。

“庆典办当时临时抽人，过去了，我还是给董事长做秘书。”

偌大一个宴会桌后面，靠着窗子摆放着一张小几。在斜拉开的高大窗帘下，两个人正坐在茶几两边的沙发上谈笑风生，那是苟国栋和大海航空集团的董事长朱经纬。

董事长秘书小于把余凌云和乘务长带过去时，两人正看着窗外，等他们回过头来，小于才说：“她们来了。”

苟国栋站起来对董事长介绍道：“这是我表妹余凌云，偶尔也客串一下我的助理。”

董事长朱经纬看着余凌云：“我已经知道你几个月了，今天终于见面。你是我们公司的人才啊！”

余凌云有点喘不过气来，自然是面红耳赤。但她还没被喜悦冲昏头脑，微笑着问过好后，把乘务长推到前面。

董事长朱经纬和乘务长一番握手寒暄后说道：“今天咱们一起吃个工作餐。现在反腐倡廉，不能喝酒，咱们就以果汁饮料代替吧，这次在航班上有幸和苟国栋教授邻座，我邀请国栋教授来我们集团讲课，教授爽快地答应了。”举起杯，“来，感谢苟国栋教授。”

席间，苟国栋和董事长一直在说话，说的大部分是经济话题，特别是国企的发展前景、股份的变更等问题，余凌云和乘务长根本没有说话的机会。余凌云一直听着他们的谈话，又一次对苟国栋佩服得五体投地。董事长问的所有问题，他都回答得非常有见解，而且有很强的操作性。

余凌云不禁在心里暗暗道：“不能一下子切断跟苟国栋的带货业务往来，得慢慢寻找机会。”原来想好的自己带货被乘务长发现的说法，现在显然不行了。乘务长今天就和他们在一起，而且目睹了董事长和苟国栋的友谊，一定不会说那样的话。

“那……”余凌云心事重重地吃着，虽然吃得很拘谨，但好在时间不长就散了。

朱经纬送苟国栋到楼下，看着苟国栋上了车，转身对秘书小于说："你给新媒体经营那儿说一下，那个余凌云，必要的时候我们可以利用起来。你知道她的微信公众号和抖音账号上，粉丝有多少吗？"

"快一万了吧？"

"你上网看看，吓你一跳。"

"能有十万？"

"你看看今天的新媒体简报，抖音和微信，各自一千万！"

于秘书顿时瞪大了眼睛。

"嘿。"朱经纬笑了，"不识庐山真面目，只缘身在此山中。"

苟国栋上车前，跟余凌云和乘务长礼节性挥别。

余凌云的心情顿时沉重起来："苟国栋是不是已经给董事长说了把我调到地面？如果真是这样，我的粉丝们怎么办？我明明是空姐余凌云，如果成了'地姐'，那就面目全非了，粉丝们肯定很失望！"

回到宿舍，文香正在卫生间洗漱，探出头来问："有啥喜事？"

余凌云往床上一躺，一声不吭。

就在这时，苟国栋的电话来了。她还没说话，苟国栋先开口了："到乘务大楼了吧？"

"嗯。"

"我已经派车去接你了。"

几分钟后，余凌云就到了航空大楼，嗒嗒嗒地踏着大理石地板步入电梯，到达十一楼，按响了苟国栋的门铃。

苟国栋开了门，微笑着说："队长助理同志，明天你就上任了！"

"什么？你说什么？"

"董事长已经安排了，让你做空乘大队队长助理，想飞了可以飞，大部分时间在地面。至于工资待遇，还跟以前一样。"

"噢——"她的心放下了一点。

她真想给苟国栋说不能再带货了，但还没想好怎么解释。必须两全其美，让他保持对自己的信任和合作。

余凌云忍不住问了一句："怎样才能把公众号和抖音号做得更好更大？"

苟国栋边沏茶边说："先喝茶。"他让她坐在沙发上，"先品一口，这是我从日本带回的绿茶。蒸出来的，不是炒出来的，所以味道和咱们炒出来的绿茶完全不一样。"

余凌云称赞："哎呀，汪绿一色，太漂亮了！"

苟国栋小小呷了一口，说："一个好的公众号，还有短视频号，需要团队打理，但这也不一定会做大，能做成几百万粉丝就已经到天了。起码好几十人忙乎。目前做公众号和抖音账号的，大都是烧钱买面子，甚至连粉丝、评论都是花钱买的。所以，咱不要在这上面下功夫了，好吗？"

余凌云没有看他，她突然觉得教授也就那么回事，怎么这么迟钝呢？于是她也学着教授，小小呷了一口茶，心想，他在某方面有所研究，就确认自己各方面都是权威、是对的，这是他的局限性。比如在遇到瘦肉精事件时，他立马一筹莫展，人都蔫了。可按照我说的签了合同，不就没事了？股价已经被抄底的人炒上去了，现在他不但不担心，还用这个事件做论据，说明他的理论和建议是坚强的，是狂风吹不倒的。

"难道……"她突然想，"是不是教授知道了我公众号和抖音号的事，假装不知道，有意旁敲侧击让我放弃，从而达到一直和他合作、给他带货的目的？"

"不不不！教授不可能这么卑鄙！"

"但货是不能再带了，可什么时候开口呢？怎么开口呢？"

直到离开，余凌云都没有想好。

第十三章

突如其来的车祸　大气仗义的老板

敢当原来是黄河市连通快递的快递员，因为饭量大，一个月的工资要吃掉一大半。几个跑快递的兄弟让他到旋风急给，说是能免费吃壮馍。他害怕不真，跑去一问，知道不假，毫不犹豫就来了。

刚睡醒，敢当就接到两个单子，一个是送衣服的，一个是送书的。他匆匆送完，赶紧奔往壮馍点，路上又接到送壮馍的单子，笑了：一举两得。

敢当来到第七壮馍点，领了要送给客户的壮馍，他递去吃馍卡，这是旋风急给发给员工的福利卡，在一天的三个吃饭时段、在任何一个壮馍点，员工都可以凭卡领取两个壮馍。窗口里面的胖女生在当天的日期上面用笔画了一道，随后递给他一个壮馍。

是热的，敢当豪迈地咬了一口，下巴骨一鼓一鼓的。

胖女生又递给他两个壮馍，还有一瓶矿泉水。

他接过的时候，问：“两个就够了，怎么还多给一个？”

“你的卡上显示是二五三号。”

“对啊，我是二五三号。”

“老板说了，二五三号，壮馍随便吃，记住数就行。”

他正嚼着的腮骨停下了：“老板知道我能吃？”

“何止知道你能吃，”胖女生说，“还知道你的外号叫大象，为人仗义，是条汉子。”

水旋风确实知道敢当能吃，就下了随便吃的指令。但后面这一条是这个女生自己加的，因为她对敢当“有意思”。

敢当吃完，肚子很撑，但心里很美，骑着他的旋风急给小三轮，飞速上了熙熙攘攘的大道。

突然听见后面传来一阵轰响，敢当知道是那种大排气量的跑车，价格应该在一百万元以上。

他赶紧给这车让路，惹不起！

但是，越让越出问题。为了快和威风，跑车朝敢当这边打了一把方向，一下把他撞飞了。

敢当被撞倒过，也跟别人不小心迎面撞上过，但是从来没有被撞飞过，这一撞，人被甩出去五六米远。旋风急给的小三轮被撞翻，车里的东西被撞出来，包装破了，壮馍摔了一地。

“怎么开车的啊！”本能地喊了一句后，敢当虽人还躺在地上，却忍不住强抬起头去看自己送的货。当他看到壮馍被撞出来，第一反应是拿起手机给胖女生打电话，向她简单说明情况，请她迅速让别的旋风急给快递员再补一份给客户，因为这边的事故刚刚发生，一下子不会结束。

胖女生接到电话，心怦怦跳，慌慌地给平台报告，又立即给客户包装好新的壮馍。当又一个快递员接单拿走后，她立即拨通敢当的电话，却没有人接。

她害怕了，敢当是不是被撞晕了？

她立即打电话给离敢当不远的旋风急给快递员，请他赶过去支援。

这时，撞人的跑车也停下来了。车上下来两个小伙子，一个剃着光头，一个头发全都向上竖着，冲天炮一般。他们先看了看自己的保时捷车，发现被撞了一个坑，漆皮也划上一条痕。听到敢当的“抱怨”，又见他打电话“求助”，冲天炮立即咆哮起来：“你个王八蛋，你把我的车撞坏了，还抱怨！”

光头则恶狠狠地冲过去，一把抓起敢当的头发，把想爬起来却一时爬不起来的敢当提起。冲天炮跑过来，一脚踹到敢当腰上，敢当应声倒地，昏了过去。

这时在现场慢慢聚集了不少围观群众，有看热闹的，有拿起手机录视频的，也有小声嘀咕声讨的，可两个小伙子根本不在乎围过来的群众，冲天炮傲慢地环视四周，对那些拍视频的群众喊：“拍啥？你他妈拍啥？我毁了你个鳖孙！”

光头还在打敢当，伸手在敢当脸上扇。“起来！你个恶狗，还想躺在地上耍赖不成？起来给我赔车，你他妈的挣一年也赔不起修理费！”

敢当被打醒了，怒吼一声，两只胳膊一挣扎，把光头甩开了。光头在闪开的一刹那，撞到敢当胳膊肘上，鼻子流出血来，伸手一抹，立即满脸是血。

冲天炮恶吼一声冲过去，和光头一起，左右夹击，又把敢当放倒。

这时候，接到胖女生电话的旋风急给快递员赶到。他一脸络腮胡子，立即冲过去，弯腰去抢救敢当，却被那个冲天炮一脚踢倒。

从这里路过的两个旋风急给快递员也赶过来了，一个是大长脸，冲上去帮络腮胡子，另一个挤过去拍照拍视频。

其实已经有群众拍了视频，网上已经有了。

巡警赶过来时，敢当处于昏迷状态。大长脸旋风急给快递员过去把昏迷的敢当抱起来，大喊着：“敢当兄弟——敢当兄弟——”

巡警看了车，照了相。群众一下子把巡警围住了。

络腮胡子快递员一跃从地上起来，一把抓住冲天炮的衣领，却被一脸血的光头一拳打在太阳穴上，顿时晕头转向眼冒金星，脚也软了。眼看要摔倒在地上，冲天炮和光头立即把他的双臂扭起来，架着胳膊到警察跟前。

冲天炮对一个巡警说：“这货把我兄弟打得一脸血，把车弄成这样，还要横，铐上他！”说着还呸了一声，唾出去一口血。

巡警喊道："老实点儿！"

这时大长脸快递员大叫："敢当兄弟醒了，敢当！"然后扶敢当起来，一边扶一边喊，"这帮仗势欺人的家伙血口喷人！"

这时围观群众中立即有人跟着大长脸喊："仗势欺人！"

群众越来越多，巡警被挤在人群里面，大喊："让开，不要妨碍执法！"另一个巡警举着手大喊："让开，让开！"却被大家挤得不能动弹，于是打电话请求增援。

增援的巡警开车拉着警报来了，喇叭里一声声高喊着让大家冷静赶快散开……

刚刚散开的群众拍视频往网上发。这件事立即引爆黄河市，甚至上了全网热搜，一时间成了当日全国的热点。

就在这时，两个交警骑着摩托赶来了，那两个车主还不罢休，让交警拍照留证。光头抹了一下鼻血，言之凿凿："这几个狗快递，把我的车撞成这样，还打我们。"

群众又围过来了，大喊着是这两个恶少打人，又有群众拍照录像，往网上发。

交警其实已经看了网上的帖子，心里有数，一名交警弯下腰，看着划痕和坑，问光头："是他撞的你吗？"

立即有群众喊："胡说，是他撞的人家快递！"

"我们有录像。"

冲天炮朝人群中那个喊话的中年男人吼道："你他妈的不想活了？"

中年男人咆哮起来："你有几个臭钱就烧得上天了？你有什么了不起，撞了人还血口喷人，什么东西！"

冲天炮想冲上去和人家理论，却被群众围住了。

警察看完了车伤，又去看了旋风急给的送货三轮，然后对群众说："事故我看了，是这个保时捷超速行驶，撞上三轮车，负全责。"

人群里立即响起掌声，更有人喊："这才是人民警察！"

上午，水旋风正在公司会议室参加驴庄市加盟的谈判，手机静音后放在办公桌上，全然不知道外面的事情。

平头哥怒气冲冲地赶来，要去推会议室门，却被很熟悉他的安保人员挡住了："董事长说谁都不让进。"

平头哥急得在外面直搓手，说："你进去悄悄告诉他，让他出来一下，急事！"

小伙子进去了，片刻后出来，对平头哥说："马上结束。"

水旋风终于开完会了，还没有出会议室，公司工作人员就拿着手机给水旋风看即时新闻，等他出会议室时，不用平头哥说，水旋风已经明白了他急慌慌的原因。

按照正常流程，敢当、络腮胡子、两个恶少和现场相关人员应被拉到派出所问讯做笔录，甚至将要面临刑拘的，但敢当和络腮胡子伤得太重，便被先行送到了黄河大学附属医院。有警察跟着，意思是医院处理以后，还要问讯。

平头哥开着车，不到半小时就赶到了黄河大学附属医院。他把车直接开到急诊室门前，水旋风不等车停稳，就跳下车先跑了进去。

水旋风跑进急诊室，看见络腮胡子在病床上躺着，医生正在给他的小胳膊肘绑夹板，诊断为肘骨骨折。

水旋风拉住络腮胡子的手，说："兄弟，受苦了！事故鉴定已经出来，他们应该负全责。在来的路上，朋友打电话提醒我，这两个开着保时捷的肇事者来头很大，他们的父亲跺一跺脚整个黄河市都会动……但是你放心，如今是法治社会，无法无天的恶势力最终是不会有好下场的！但是道路可能很曲折，公司很可能因此被整垮，但整垮我也不怕，也要跟他们斗争到底！我就不信没有王法了！"接着，他转头对公司办公室干事说："去，买最好的点心、饮料，需要什么尽可能满足。花多少钱，也要抢救、照顾好我们的兄弟！"

这时候的敢当刚做完CT检查，依然处于半昏迷状态的他躺在医疗床上，刚被推到急诊室，医生就迅速赶过去，拿起诊断报告一看，朝护士说：“立即抢救，进手术室！”

护士却没动，说：“谁办手续交钱？”

平头哥赶来了，声音嗡嗡响：“来，刷！要多少刷多少！”

水旋风跑过去问医生：“伤到哪里了？”

医生已经知道事情经过，认真地回答水旋风：“第一，脑震荡，脑部有积血。第二，胸部肋骨断了三根，腹腔压力大，已经积血积水，要立即插管子抽取腹腔血水。”

这时候，不少旋风急给的快递员赶来支援，聚集在医院门外，只有几个代表来到了急诊室。

水旋风对大家说：“大家回去吧，我在这儿守着。我向大家保证，有我在，就不会让我们旋风急给的员工受到伤害。不管是身体上的伤害还是精神上的伤害，我们都负责到底！”

平头哥站在他的身边，牙咬着，左手掰着右手，发出咔吧吧的响声。

水旋风狠狠地挥了一下拳头，说：“我们旋风急给是一个团队，所有员工都是我的家人，我不允许任何家人受到伤害！”

急诊室响起热烈的掌声。有人喊：“抗争到底！”立即有许多人一起喊：“抗争到底！”

旋风急给的员工情不自禁地抱在一起，许多人流下了热泪。

网上立即出现了这感人的视频，下面的评论潮水般涌现：

我们就需要这样的老板！

为员工负责的老板才是好老板！

旋风急给我们市为什么没有？快来我市开吧！

……

平头哥把评论给水旋风看了，水旋风闭了一下眼。

猛然听见一阵脚步声，急诊室里拥挤的人群立即让开一条通道，几个穿着公安制服的人匆匆走了进来。平头哥一愣，下意识地立即挡在水旋风前面。

走在最前面的警察温和地说："我是黄河市公安局局长原建军，我来看一下伤员。"

平头哥这才让开，原局长带着几个警察走向病床，看见络腮胡子躺在床上，让提着水果的警察把水果篮放到床头，抓着络腮胡子的手说："小伙子，好好休养，我们一定惩处不法分子！"

看着站在一边的医生，他问了络腮胡子的伤势，又问了在手术室的敢当的情况，然后从兜里掏出一个信封："这一万元，是我们几个值班的公安干警凑的，先给敢当和这位兄弟治病。最后报销，凡是要自费出的，都在我们这钱里扣。"

水旋风立即鼓起掌来，对大家说："这就是我们需要的公安干警！"

原建军看着水旋风，说："你肯定是水旋风，你的问候小涂带到了。一直忙，说要见面却一直没见上，没想到在这里见到了。"小涂就是那个给水乾坤贷款的银行行长。

水旋风说："原局长能亲自来，我们心里就明亮了。"

原局长说："走，咱们到手术室外等着，等敢当做完手术。"

水旋风说："不了局长，我们知道你事情多。这不，你的电话一直在响，你都没接。你能来，就说明了一切，我们领情了。另外，那一万元你一定拿走，我们壮馍公司能够支付所有费用，请你放心。"

原局长拉住水旋风的手。"走吧，咱们去等手术。"走了几步，又说，"正好趁敢当没出来的时间，你和……"朝一个干警一招手："小莫，你来。"

小莫赶紧过来，原建军对他说："你不是做好执勤快餐方案了吗？老板在这儿，赶紧谈谈吧。"

于是，原建军和水旋风在手术室门外的长椅上就近坐下。水旋风和小莫十几分钟就说完了执勤快餐的事，然后他们就一起静静地等待着，直到敢当出了手术室。

水旋风跑过去，伏在车前：“敢当——”

满头白绷带的敢当睁开眼，声音微弱地说：“老板……”

原局长问了主刀大夫，当得知手术顺利便放心了，跑过去和水旋风他们一起，将敢当护送到病床上。

所有这一切，都被旋风急给的员工和急诊室陪护家属直播了出去，网上的热议一直保持到第二天早晨。

第二天早晨，胖女生把水旋风的照片贴在壮馍店迎门的玻璃上。一个妇女来买壮馍，不解地问：“你怎么把一个秃顶贴到这儿？”

胖女生一笑，说：“他是我们老板水旋风。”

妇女一愣，说：“就是那个为员工抗争到底的水老板？”

“对，你知道？”

“当然了，这样的人物谁能不知道？”

第十四章

失联的手机号码　巨额的非法逃税

十多天来，余凌云都没有飞航班，做着地面工作，文香还在飞行。中间文香有两天休息，余凌云把基本成熟的设想给她说了一下，就是在网络个人平台上发布一些余凌云穿戴的东西，看看粉丝反响，如果粉丝喜欢，就把这些款商品在国内商店的销售价拍一个实况视频，再把这些商品在海外商店的价格拍一个实况视频，然后拍下与这款商品的海外厂家签订合同的视频，之后在网上公布。某款商品由余凌云带给大家，价格必须低于国外零售价格，更要低于国内零售价格。当然，该怎么上税怎么上税。

文香听罢，点点头，想了想说："不当家不知柴米贵，现在我才理解了苟国栋为什么一开始总是几个、十几个地让咱们带小东西，原因是成本小，垫上去的钱少。"

余凌云愣愣地看着她。

文香笑说："我是说，我们一开始也应该少进一点。"

余凌云也笑了："不要紧，我想了，咱们还是跟苟国栋合作。他不是有团队嘛，也有本钱，咱们跟他一对一分成就行。"

文香摇摇头说："我怎么信不过这家伙呢，总觉得他这样做是不能长久的。"

余凌云说："这也是我一个心病，其实早就不想干了，这几天缩减了带货，他俩还不满意呢！我想找机会跟他深谈一下，正式把咱们在网上的影响告诉他，他就不能假装不知道了，也许会和我们合作。这样，网店由他出面开，咱们和他一起赚钱，我们就省得办公司的琐碎事，还能跟着他学经济方略。"

文香犹豫再三，最后放了个活口："那咱想想再说吧。"

想归想，两天后文香飞雅典，余凌云也申请上了这一班飞机。她们在雅典看好了一款水晶脚链，为了取得厂商的信任，她让值班经理看了她的公众号和视频账号，并出示了自己的相关证件，值班经理叫来中文翻译，翻译大呼太棒了！于是，值班经理就让余凌云以个人的身份与厂商签订了一个意向性协议，价格真是便宜，比零售价竟然少了一半。当然，签协议的时候也拍摄了视频，不过没有放到网上，起码要等待一切准备工作做好了，如果和苟国栋合作，就联合成立一个公司；如果不合作，自己也得成立公司，这样就容易报关、纳税，然后开展业务，再把视频推送到网络个人平台上。

从厂家出来，正是下午一点，余凌云就和文香到了爱琴海边，拍了一个视频。

余凌云从海水里探出头来，一身的海水往下流淌，一直流到脚上，脚脖子上挂着一串水晶脚链，在阳光的照耀下、在海水的润泽下，五光十色，特别耀眼。余凌云坐在沙滩上，把脚链拿下来，在海水里涮涮，又猛然把脚链往空中一抛，空中立即闪闪烁烁。

文香情不自禁地赞叹："太好了，一遍成！余凌云，我看你当演员也不成问题。"一边说一边往余凌云跟前跑，一脚没踏稳，踉跄跌倒在海水里，却把手高高地举起来，手里拿着拍摄视频的手机。

回程途中，两人因为这事激动不已，只是在和苟国栋合作与否的问题上没有达成共识。

快到黄河市荥泽机场的时候，文香对余凌云做了个鬼脸，说："到宿舍后，如果还统一不了意见，咱俩就剪包锤，谁赢听谁的。”

余凌云蹙了一下眉，笑了。

余凌云和文香怎么也没有想到，她们没能一起到达宿舍。

余凌云一下飞机，就被大海航空的法务人员带到一间办公室，见到了黄河市航空港区的税务局副局长刘怡苑。

“你好，余凌云女士。”刘怡苑很友好地朝余凌云伸出手。

税务局！余凌云心惊肉跳，握住刘怡苑的手问：“你好，有事吗？”

“当然，希望你能配合我们调查一桩逃税案。”

余凌云立即如遭雷击一般，身子不由自主地摇晃起来。

刘怡苑说：“不用紧张，咱们好好解决就是。”

她一下子没了底气，小声问：“真的没有多大事吗？”

“我们了解你的情况，这个时候在你面前出现比较合适。不能再发展下去了，何况你已有一千二百多万粉丝。”

“我能打个电话吗？”

“当然。”

于是，她立即打电话给苟国栋，手机里却是：“您所拨打的号码暂时无法接通。”

她又打给苟夫人，同样是无法接通。

这时候文香的电话来了，无比焦急。她已经听同事们说了余凌云的情况。

余凌云说：“我给苟国栋和夫人打电话，他们的手机都打不通了。”

文香说：“我说嘛，这两口子都不是好东西！”

余凌云说：“你先别急，更不要给水旋风他们说。我再想想，和刘局长他们商量一下，你去睡觉吧。”

“我开着手机睡觉，一有情况就告诉我。”

结束通话，余凌云闭上眼，不禁想起那次瘦肉精事件，想到苟国栋当时不堪一击、胆小懦弱的模样。“看来，这次他是提前得到信儿先跑了，把我推到了前台，丢卒保车，让我承担一切……这难道就是我崇拜的教授吗？这难道就是有知识的男人吗？在这种事情上，这个一身光环的家伙，比卖壮馍的水旋风差远了！”

好在港区税务局离机场很近，余凌云一行人半个多小时后就到了税务局。刘怡苑直接带余凌云到了询查室，一个扎着马尾辫子的姑娘和一个留着短发的年轻姑娘已经候在那里，马尾辫姑娘给刘怡苑和余凌云一人倒了一杯水，坐到一边开始记录。短发姑娘则打开了电脑。紧接着，余凌云面前墙上挂着的大屏幕上，出现了一行字：余凌云逃税证据。

刘怡苑朝余凌云微微一笑说：“你喝点水吧。”

余凌云喝了一口水，让心情平复下来。

“那我们开始吧？”刘怡苑友好地问。

余凌云点点头。

于是，屏幕上出现了她熟悉的手机画面，只不过被放大了，有每一笔带货单、每一条回复、价格、数量、总金额等。

最后是逃税总金额：一千一百五十四点三三万元人民币。

余凌云心里一惊，突然想起那个著名女影星的逃税案。这钱肯定是要交的。

刘怡苑喝了一口水，看了余凌云一眼，问：“清楚没有？”

余凌云点点头，声音很平静：“清楚了。”

刘怡苑说：“那么我们谈谈，你是什么时候开始带海外产品的？”

余凌云说：“认识苟国栋以后。”

“你不知道这是违法的吗？”

余凌云低下头想了一下，说：“确实不知道，他们老让带东西，就带了。”

刘怡苑说：“最近四个多月，你还让其他空姐帮你带。这时候还不知道吗？”

“我听经济学家说，万国邮联有个文件，中国也是签约国。”余凌云据实说，“五公斤以下的包裹是不用上税的。”

刘怡苑笑说：“你心里真的有数、研究过了？”

负责记录的马尾辫姑娘和刘怡苑对视了一下。

余凌云说：“是研究了，所以让人家帮忙，都选择体积小、重量轻、附加值高的商品，全部都在五公斤以下。”

刘怡苑：“我国的税法，你研究了没有？”

“没。”

“为什么不研究？既然敢带，不研究税法能行？我给你看看国内法。”刘怡苑说着，对操作电脑的短发姑娘说，“给她放一下。”

于是，屏幕上出现了国家关于海外产品关税的法律、国家关于销售税的法律，还有国家关于增值税的法律。

刘怡苑看着余凌云，说：“不说别的，就那两块手表，要上税就是七十多万，这下清楚了吗？”

“清楚了。”

“好的。”刘怡苑说，“那么就是说，你认罚？”

“认罚。”

“金额没有异议？”

“没有。”

于是往下进行：“那么我们说说第二项。我们看了你的银行账户，你并没有那么大的资金，也没有出钱给空姐，甚至你带的商品都是苟国栋给你列出的，这是为什么？”

余凌云说：“我没有钱，又没想发财，只是想为苟国栋教授办事，和他维持好关系，以便从他身上学些知识。”

“学这些，对于一个空姐来说，有用吗？”

“我认为有用。”她看着刘怡苑，“我对共享单车等经济现象很感兴趣，我一直想弄成这样利人利己的事。没想到第一次失败了，所以就想向大教授学习。”

她们一直谈到深夜，余凌云一点不往外推。她说货是她带的，其他人带货都是她叫的，苟国栋吓跑了，不认了，她认。

突然，她想到了苟国栋赠予的那套香港的别墅。

余凌云去上厕所，短发姑娘跟着去。余凌云打开手机一看，都是订货和带回来货的消息。她苦笑一下，把手机装进裤兜。

短发姑娘说："你可以打电话。"

于是余凌云站在厕所门口，又一次想接通苟国栋的电话。但是，依然是无法接通的状态。

回到询查室，她打了长长一个哈欠，说："太困了。这下倒解放了，以后就可以不带货了。"

刘怡苑看着余凌云，站起来到她旁边。"逃税一千多万，本该逮捕当事人。按说你就是当事人，但你的情况有点特殊，而且是初犯，许多情况并不知道。但不管怎样处理，肯定要缴上税款。"

余凌云点点头，说："我保证一分不少缴给咱们税务部门。"

刘怡苑思索了一下，出门去到自己办公室，和几个局领导电话沟通后，决定申报有关部门，立即协同公安部门，依法拘留余凌云。

与公安局税务警察方面协调以后，刘怡苑率队代公安对余凌云执行拘留。行动前她特意想了想，觉得话可以不说得太直接。

她微笑着对余凌云说："我们这儿有住处，你就住到这儿，行吗？"

没想到余凌云一口答应："行啊，让我睡觉就行。"

刘怡苑心里忽觉轻松，她不禁摇摇头感叹，遇到如此大事，这个当事人竟然如此平静，不像那些犯事的大老板，㞞得一塌糊涂。

短发姑娘和马尾辫姑娘带着余凌云到了临时拘留室。里面两张床，床上有被子。

刘怡苑赶来了，拿着自己的洗脸盆和毛巾牙刷。"牙刷是新的，毛巾也是新的。你委屈一下。"

余凌云看着刘怡苑："谢谢你。"说着，眼圈红了。

短发姑娘去给余凌云打了一盆热水："你洗洗，早点睡吧。"

余凌云点点头："好的，你们也受累了。"

她们离开后，保安就把门锁住了。

门咣当一响，余凌云愣住了。她意识到，刘怡苑她们都走了，这时候她所面临的就是一间监室了，自己这会儿是犯人。

犯人！

眼泪流下来，却没有抽泣，也没有哭声。

她把毛巾放进水里，水温温的，不凉不热。

迅速擦了一把脸，就上床睡觉了。

第二天早晨，短发姑娘来给她送早餐。一碗豆浆、一根油条、一个鸡蛋，她虽然吃得很斯文，却一点不剩。

刘怡苑来了，微笑着问："电话通了没有？"

余凌云摇摇头。

刘怡苑坐到她对面的床上，看着地面，说："这个税款必须补交，而且要迅速补交，否则，按法律条款，要起诉了。"

余凌云点点头。她知道不会一下子联系上苟国栋，便提起了香港的房子。

"苟国栋赠送给我一套香港的别墅，有房产证和香港公证处的公证书，能不能把这个房产抵押在税务局？或者卖了，先把欠税还上。"

刘怡苑迅速出去，片刻回来，说他们商量了，可以。需要把香港别墅的房产证等相关资料拿来。

于是，她们立即驱车去余凌云宿舍。

余凌云害怕同事知道这事，到了空乘大楼后，提出自己一个人上去拿。刘怡苑明白她的心理，同意了。

余凌云急于见到文香，想给她说说在税务局的事，让她赶快准备成立公司，在微信公众号和抖音账号的带动下正式营业。当然，绝不能跟苟国栋继续合作了。

但是文香不在。

余凌云立即给文香发了一条短信："脚链可以上了，你仔细琢磨一下，我忙完税务局的事就回来一起做。"发完信息，拿了苟国栋给她的香港的房产证和公证书，就离开了宿舍。

上车后，余凌云把房产证和公证书交给刘怡苑。

刘怡苑在车上仔细研究了一下这两份文件，然后把房产证放在腿上，展开，让余凌云看看房主的姓名，因为房主信息是最重要的法律依据，房主是谁，房子的所有权就归谁。

余凌云看着繁体版苟国栋的名字，心里一沉。随后，她让刘怡苑打开公证书，重点看看苟国栋将房屋赠予她的那句话，她甚至把手指头点在自己的名字上。

刘怡苑笑了，并随即把两份文件合起来。

到了税务局，刘怡苑让余凌云在房间坐着喝茶等候，而她和局领导一起研究了房产证和公证书。最后，局领导决定，她陪余凌云一起到香港落实一下这个房产赠予案，如果赠予成立，可以以此抵押；如果赠予不成立，再作决定。

次日她们就到了香港。余凌云想先去别墅，刘怡苑却让先去公证处。"首先，咱们要确认这个公证书是有效的，然后才是去看房子。"她看着余凌云，"你说对不？"

余凌云点点头。

到香港公证处等了一会儿，她俩便被领到公证书鉴定处。一个满脸皱纹、头梳得油光闪亮的男士接过了余凌云递来的公证书，认真看了一会儿，然后用粤语说了一通话。

余凌云和刘怡苑都听不懂。

男士又说一遍，她俩还是摇头。男士便叫来一个年轻人。

年轻人把公证书也看了看，然后用普通话说："这个公证书是伪造的，不过伪造得很逼真。"

刘怡苑点点头："明白了。"

余凌云一听，顿时两眼发直，这是她最不愿意听到的话。"这……不可能！"她拿着那份公证书，"苟教授为什么要骗我？那时候还没有税务的事，他干吗非要把房子给我？是不是他找别人办的，别人把他骗了？"她越说越激动，"麻烦你看看那个公证员，是不是别的公证处的，是不是他骗了苟教授？"她似乎是在对公证处工作人员说，又像在自言自语。

那位年轻人似乎见惯了这种失落，依然和蔼地说："你看看公证时间，是三个月前。从五年前到现在，我们全香港公证员的名单都在这里，你看一下。"说着递过来一个册子。

当余凌云看过一个一个公证员的名字后，真的失望了。她把公证员花名册放到年轻男士面前，轻轻说了声："谢谢。"

没错，这是一份假公证书。

余凌云突然拿起房产证给公证处年轻人："你看看这个房产证，是不是真的？"

年轻人笑笑，说："这不是我的工作。"但还是接过去了，仔细一看，说："这是真的。"

余凌云眼睛一下子放出光来："那这个能卖不？"

年轻人继续微笑着说："可以拿着卖，但是需要房主苟国栋出面。"说着递回给她。

她接过，手很软。

公证处年轻人补充了一句："这个房产证，丢了也不怕，随时可以去不动产管理部门补办。"

"哦——"余凌云茫然地看着年轻人，如堕五里雾中。

父亲对她从小的教育支撑着她，让她不能失态。她真想大哭，号啕大哭一场，把自己的痛苦失望哭出来，但是她忍住了。

刘怡苑一声没吭，悄悄跟着余凌云走出公证处。

时令接近仲秋，傍晚的太阳已经快落到海里去了。海面上吹来的风，有点凉。

余凌云走在前面，刘怡苑跟在后面。两个人都默声不响。

余凌云忽然停下来，强作微笑，说：“咱们去那套别墅看看吧？”

刘怡苑歪了一下头，亲切地说：“你看，有必要吗？”

余凌云伸手拨拉一下头发，她很少有这种动作，说明她的心绪纷乱。

“我想，说不定他急于给我，就先办了一个，随便找人签个名，下面再……”她吸了一口气，“说不定就直接过户了。”

刘怡苑走过去，语重心长地对余凌云说：“我们税务部门整日面对各种案件，这种男人用这种手法骗取女生信任的案子多了去了。”见余凌云回头看着她，又说，“我刚才在你看名单时询问了一下，才知道到那里办一份这样的公证书，不到一小时就可以办完。”

余凌云听明白了，心里仅存的期望彻底溃散，眼泪再也抑制不住，顺着脸颊流淌下来。

“好了。”刘怡苑拍拍她的肩膀，“哭吧，这儿的人不认识，没事。”

余凌云却擦擦眼泪，吸了一下鼻子，说：“我想咱们还是去别墅那儿看看。”

“如果在，说不定他们会还款。”刘怡苑说，“这几个月，他们挣的钱少说也有三千万。”

“既然挣了这么多，这一千多万他肯定能还的！”

刘怡苑自然不像余凌云那样抱有幻想，但不愿意阻挡余凌云完成最后的心愿，如不能够阻挡一个溺水的人抓住最后一根稻草。于是同余凌云去了。

打个出租车，她们在夜幕落下来的时候到达了别墅区。因为拿着房产证，保安让她们进去了，并对她们用不标准的普通话说了具体地点：“从这儿拐三个弯，都往右拐，一堆树挡住你们的地方，就是这个别墅了。”

她们按照保安所说的，一路寻过去。

“别墅亮着灯。”余凌云远远地看到别墅里的光亮，眼里也闪现出一丝希望，她兴奋了，马上就要过去敲门，却被刘怡苑挡住了：“我来。”

余凌云立即明白了刘怡苑的用意，便跟在她后面。

刘怡苑敲门，问：“苟国栋教授在家吗？”

余凌云把耳朵贴在门上听，却没有听到回答。

“不在家。”她很失望地想。

“在家。”刘怡苑说，“你看看这个监控，就在门檐角上装着。我们两个来，里面看得清清楚楚。”

余凌云明白了，他们就是想赖账。

她深深地吸了一口气，用很冷静的声音说：“苟国栋教授、苟夫人，我知道你们害怕，这次的事，我一个人承担，不会牵扯你们一点事，你们不会受到任何法律制裁。但是你们欠的税款得补交，总共一千一百五十四点三三万元人民币。我算过账，你挣的钱超过三千万。把这些钱还了吧，如果不交，我就得被判刑十几年。”说到这里，她眼泪滚滚而下，“你忍心让我坐十几年牢吗？”

刘怡苑接着说：“我是空港区税务局副局长刘怡苑，余凌云刚才说得没错，她把所有事情都揽下来了。但她是初犯，而且可能是无意逃税，我们局里商量了，只要缴了欠税，余凌云今后只要依法交税，就不会有事。”

余凌云眼巴巴地看着门，却没有一丝动静。

这时候巡逻的保安过来了，问清了情况，说道：“苟国栋教授啊，他刚才还在这儿散步呢！”

余凌云腿软了，扑通一声坐在地上。保安立即过去扶她。

刘怡苑跟保安说：“没事兄弟，谢谢你，你去忙吧。”一边说一边扶起余凌云，“好了凌云，你有一千两百万粉丝呢，振作起来，咱从长计议。”

第十五章

有惊无险的拍摄　一箭双雕的直播

秋天早晨的阳光特别清净，艺术系摄影专业小伙子陈青峰踏着法国梧桐树抛下来的花花点点的阳光，来到女生宿舍前。他拿了一个巨大的照相机，穿着一件短袖紧身T恤，外面套了一件夹克，敞开着衣襟，胸大肌和马甲线若隐若现。

他在等余凌霄。

正焦急地左顾右盼，背上突然被人拍了一掌。他跳了起来，一看：“呀，你个余凌霄，从哪儿钻出来的？”

“走，去黄河边。”余凌霄一伸胳膊，宽大的袖子落下来，露出白玉般的胳膊。

坐上车后，余凌霄说了声：“黄河边，最好是花园口。”然后看着陈青峰，“哎，你说我给自己的号取个什么名字？”

陈青峰挠了挠脑袋：“你姐姐不是叫‘空姐姐余凌云的暖窝窝’吗？要不你就叫‘空姐姐余凌云的暖窝窝的妹妹’。”

余凌霄看着他，噘起嘴：“这是名字吗？”

陈青峰咧开嘴笑了，很不好意思。

“你看这样，”余凌霄说，“‘小模特余凌霄的美丽凌霄’。”

“好极了！”

说着就在手机上注册了，给陈青峰看，“没想到这么快。”

陈青峰立即在手机上搜索，高兴地：“搜到了，加了。”

“第一个视频拍什么呢？”她思索着。

他们拍摄了一条视频。余凌霄穿着纱裙在黄河边走，阳光在她的侧面，小风从她的面前吹过来，头发就散开，显示出少女特有的青春魅力，她张开两只胳膊，朗诵道：“君不见，黄河之水天上来，奔流到海不复回。”

陈青峰及时地拍摄好了，传给她，她立即发到网上。

她望见遥远的河道拐弯处有一条船，就走了过去。

半个多小时，他们到了船停的地方，一个老汉正在往船上放网。余凌霄走过去，甜甜地叫了一声：“老大爷，您看您多精神。”

老大爷的胡子都笑得扬起来：“这女子，话说得多美气。”他看着余凌霄，“长得也水灵。”

“当然，大学生，模特！”陈青峰立即附和。

“大爷。”余凌霄离大爷很近，叫了一声。

大爷闻见了她身上的香味，大爷的眼睛眯住了：“这女子，香得很。”然后睁开眼：“需要大爷做个啥呢？”

“我想陷到河滩淤泥里，再逃出来。行不？”

“那咋不行？”大爷说，“我在前面那儿，救了不少人呢。有一回就是这里，一个比你还小的姑娘，眼看陷到胸口了，再不救，整个人就都陷下去了。人一旦陷下去可是寻都寻不到的，沙滩还是平的，像没事儿一样。”

“那，”余凌霄拉住大爷的胳膊，“求大爷你帮帮我，让我也陷下去到胸口，再把我救上来。”

“何必呢？”大爷不理解，“咱这么好的一个女娃，咋弄这险事？”

余凌霄：“你害怕救不上来？”

“这个你放心，大爷我在救人上面，从未失手，你一百个放心！”大爷信誓旦旦。

于是，他们和大爷事先商量好，就在秋天的阳光下，拍摄了下面的镜头。

余凌霄正兴高采烈地在沙滩上行走，朗诵着古诗词，突然，双脚陷进淤泥，她大喊："哎呀哎呀，这是怎么回事呀，脚怎么抽不出来呀？"

边喊边抽脚，却怎么也抽不出来，身子就一点一点往下陷，眼看要到胸口了，她的脸已经憋得通红了，叫声也越来越凄惨："啊啊……救命啊，救命啊！"

镜头外的老汉"闻声"赶来，猛然往余凌霄身边扔了一片草垫子，然后一跃上去，几下就把余凌霄拽了上来。

余凌霄躺在草垫上大口呼吸，胸脯剧烈起伏："太吓人了，你们为什么不早点救我啊！再晚点，我就真没命啦！"

老汉有点莫名其妙："不、不是说好的吗，前面不管怎么样都不要行动，等你真的喊'救命'时再救……"

"我哪知道这么快，吓得我都忘了暗号！"

余凌霄狠狠瞪了陈青峰一眼："你怎么光知道拍摄，真是见死不救啊！"

陈青峰这才紧张了，连声说："我以为你是表演呢……我光顾着拍视频，只是觉得太逼真、太精彩了！"

余凌霄长长地嘘了一口气："拿命换来的，能不精彩吗？"

当然，这个视频拍得很成功。陈青峰坐到余凌霄身边的草垫子上，把视频回放给她看。

"太棒了！"余凌霄兴奋极了，一下从草垫子上跃起身来。他们在老汉的茅屋里，将视频编辑成功，发到了刚刚注册好的网络账号上。

下午两点半钟，省轻工业学院里，著名影星闵笑天和学生们正在互动，他想看能不能挑一个同学去和他一起演出一个电影。他在和学生表演一对假夫妻，在敌占区做地下工作，男主角当然由闵笑天扮演，女主角正在选。

表演在一次又一次笑场中进行。这个不行，立即更换到下一个。就在大家被一个模特系女生的生涩表演弄得捧腹大笑时，闵笑天的助理过来了，打开手机，给他看一段视频。

这是刚刚在网上热起来的视频，发自一个刚刚建立的微信公众号和抖音账号：小模特余凌霄的美丽凌霄。说的是小模特余凌霄在黄河滩上遇险，差点儿被黄河滩吞噬的事。在两个多小时的时间里，阅读量已经超过一百万。

系主任过来看，惊呼："这不是余凌霄吗？她不是发高烧请假了吗？怎么跑到黄河滩去了？"

学生们立即围过来看。有的同学已经打开手机，搜索余凌霄的账号，然后惊呼、感叹、叫好，当然还有告状，说她逃课。

闵笑天对系主任说："主任，就她了。"

这时候，余凌霄已经回到学校，关了手机，正在宿舍睡觉。

同学们把她叫醒了，系主任就站在宿舍门口。

她揉着眼睛，一副可怜样："主任，高烧刚刚退。"

"好了，不要再表演了。"主任说，"有好事等着你。"

余凌霄调皮地歪过头去问主任："啥好事？"

系主任："闵笑天的剧组选中你当演员了。"

闵笑天站在他的保姆车前，静静地等着余凌霄。余凌霄一下楼，他就上去伸出手："凌霄好。"

余凌霄顿时来了精神："闵老师好！久仰久仰！"

"你的主任给你说了吗？"

"主任说了，我不信。"

闵笑天说："马上要拍一部电影，我是男主演，要在学校选一个年轻演员，和我一起扮演假夫妻。女演员人选由我定，我定了你。"

余凌霄一拍手跳起来，歪着头问系主任："能行吗？"

系主任:“这还用问，咱们模特专业学了就是要用的！”

于是，余凌霄坐上了闵笑天的保姆车。华灯初上时分，他们到达了北京。

在路上，她打开手机，才发现陈青峰已经给她发了十几条微信。陈青峰急疯了，眼看着她和闵笑天一起上了他的车，便一条条微信追着她，告诫她千万不能被这个老色狼迷惑了。最后一条微信是陈青峰搜的闵笑天的相关信息的截图，说他这个老不要脸的，成天泡女演员……

余凌霄笑了，拍了一个闵笑天在保姆车上睡觉的照片。他嘴巴大张着，一条口水从嘴巴里流淌出来，随着呼噜一闪一闪。她发给了陈青峰，然后配上一句话:“老流氓睡着了。”又发了一张自拍照过去。

在北京，闵笑天带着余凌霄参加了一个晚宴，导演和制片主任也都来了，余凌霄落落大方，让他们很满意。晚宴进行中，制片人来了，是个长得宽宽大大的中年女人，一见余凌霄就伸出手，握住不放:“一看你就知道什么是纯真无邪！”她继续拉着余凌霄的手，对闵笑天说:“可不准打凌霄的主意，这样的女孩不多了！”然后回过头对余凌霄说:“你的视频我看了。明天开机！”又对闵笑天说:“别摆你那派头了，晚上睡到剧组去。”

闵笑天笑了:“我行啊，凌霄行不行啊？”

制片人拉下脸来:“一个在校学生，六个人一个宿舍房间都能住，难道剧组不能住？”

“关键不在这里。”闵笑天说，“明天开拍，今晚必须入戏，她能跟我睡到一个房间吗？”

制片人看着余凌霄，眼睛里带着问询的目光。

余凌霄一拍手:“好极了！跟闵笑天住到了一个房间，假夫妻就开始上演了，好极了！”

闵笑天助理一直默不作声，这会儿才说道:“你不怕发生什么事情？”

导演看着余凌霄，笑着加了一句:“比如有些人会假戏真做。”

余凌霄一摆手："不可能，闵老师如果这么没有素质，就混不到今天这名气！"

制片人刚刚喝了一口茶，立刻笑得喷了出来。

余凌霄继续说："我男朋友发来信息，说闵笑天的信条是不主动，只要他不主动，就万事大吉。难道我一个美少女，会主动到他跟前？"说着头往闵笑天身边一凑一闻，夸张地一边挥手一边说："臭死了！"

所有人都笑了。

有了这样的铺垫，晚上和闵笑天住在剧组的一个套间里，余凌霄极其自然，甚至自如。

她洗漱完毕，问闵笑天："你睡卧室大床呢，还是客厅沙发？"

"你说呢？"闵笑天色眯眯地看着她。

"要我说呀，你年纪大了，皮糙肉厚的，睡沙发就行。"

闵笑天不理她，到里间卫生间去洗漱了。等他洗漱完毕，余凌霄已经在外面客厅沙发上睡着了，而且发出了小小的鼾声。

他穿着睡衣，坐在凳子上看着余凌霄的睡相，发自内心地感叹："这丫头，不一般！"

睡衣里的手机处于振动模式，突然振动了他的腿，打开一看，是助理发来的："你似乎对这个余凌霄动真心了？"

他无声地一笑，回道："有点。"

他随即又看了一眼睡梦中的余凌霄，又回了一句："看来不是有点，是有。"

助理回复："那你上床睡觉，我马上办。"

闵笑天一笑，起身去里屋了，迅速脱衣上床。

助理按门铃。

余凌霄醒了："谁啊，烦人！"

助理在门外："开门，'日本人'来检查，是不是真夫妻。"

余凌霄一下子醒了，知道已经进入剧组排演流程了，便一跃起来跑到里屋。见闵笑天在床上睡着了，便推了推他：“往里面点儿。”

闵笑天往里面挪了一点儿，余凌霄钻进了被窝。一看，正面对着闵笑天，自觉不妥，就翻了个身，背对着他。

闵笑天则始终一动不动。

余凌霄心里笑了：“这就是不主动。”于是闭上眼睛，装作睡着。

门开了，助理和导演进来，在床边转了一圈。

导演说：“这哪儿是夫妻？两个人睡在一个被窝，中间还能睡一个人，一看就是假夫妻。”

余凌霄突然坐起来：“现在还不是正式拍戏。如果真拍戏，‘日本人’来了，我会抱住他睡的。”

助理立即煽风点火：“现在就假装开拍了，我们就是‘日本人’，查看夫妻真假。”

余凌霄立即转身，抱住闵笑天，头还偎在他脖子下面，似乎很甜蜜的样子，从被子外面看上去抱得很紧，被子里面却离得很远。闵笑天的腿往前挪了一下，她却往后挪了一下，始终远离。心想：“你不是不主动吗？怎么主动了？果然有贼心！”

导演点点头：“不错不错。”

余凌霄听导演这么一说，意味着“排演结束”，便一跃从被窝里跳出来，长嘘一口气：“好了，‘彩排到此结束’！”

助理说：“还有很大距离。你晚上就在这个被窝和‘男一号’培养培养感情，明天的戏才能好看。”

余凌霄装作没听懂：“你是给闵笑天说的吧？”

“给你说的。”

“一看你就没学过表演，一点基本知识都没有！表演结束，我睡沙发去了！”

导演笑了：“好，还是不错的，就这样吧。”走了。

助理无奈，也只好跟导演出去了，关上了门。

余凌霄又睡到沙发上，心想："刚才那家伙应该是起坏心！让他起吧，不理他，他如果胆敢……我一个飞腿从下往上，踢得他一辈子不想那事。"

她忍不住给陈青峰发了个她在沙发上睡觉的视频，又追加了一段文字："我们真假夫妻，一个睡里面，一个睡外面，互不干扰！"

一想，又把这段视频发到网上，备注："和闵笑天配戏真假夫妻第一夜，睡在沙发上，闵笑天睡在里面大床上，相安无事！"

立即有网友随后评论：

> 亲爱的凌霄，那东西不是个好东西，要小心！
>
> 千万别在你睡着以后，色狼起色心做色事……
>
> 你直播吧，我们一个晚上守着你。
>
> ……

她灵机一动："是啊，我直播多好？！"于是，余凌霄把手机放到茶几上，靠着茶杯，镜头对着自己，开始睡觉。

这时陈青峰的回复来了："赞赞赞超赞！这个直播办法，一箭双雕！太他妈的好了！"

第十六章

出乎意料的投资　狼狈尴尬的邂逅

从苟国栋的别墅前站起身，余凌云拍打了一下身上的灰。

这一拍，好像所有的懊丧和愤怒都被拍走了，于是对刘怡苑微微一笑：“咱走吧，是回黄河市呢，还是……”

刘怡苑想了想：“今晚上还是在香港吧，要不你回去，还得住……”

余凌云明白了，点点头说：“谢谢。”

走出别墅的时候，刘怡苑时不时地观察余凌云，发现她的情绪已经稳定了。

“这就好。”她在心里说，“人的成长，是从经历大事情开始的，特别是大的挫折。”

为了第二天能及时返回黄河市，她们住在机场边的酒店。房子很小，两张床几乎挨在一起，所以，两个人什么表情都看得清清楚楚。

刘怡苑从浴室出来，一边擦着身子，一边看着余凌云。她已经睡熟了，被子被蹬开了，露出一条腿。

见状，她不禁微笑着摇了摇头，唉，挺好的一个姑娘，却碰到苟国栋这样的人，摊上这样糟心的事儿……慨叹间，一个大胆的想法在她心里生成。

第二天早晨，她们在候机室候机时，刘怡苑从余凌云下意识的一声叹息里找到了契机。

刘怡苑朝余凌云身边挪了一点，小声问："你有一千二百万粉丝？"

"嗯。"

刘怡苑笑了："一人一块钱，是多少钱？"

余凌云："一千二百万。"

刘怡苑看着余凌云的眼睛："那你，为什么不成立公司？"

余凌云咬了一下嘴唇："不是不想，而是失过手，血本无归，所以想先拥有知识，再做一个比成立公司更大更有影响的事。"她看了刘怡苑一眼，"所以才千方百计向苟国栋学习，并无偿帮忙，没想过自己赚钱。"

"那……现在想不想呢？"

"动过这心思。也做了准备，但是，遇到这次的税务事件，我才知道光有经济知识还不行，还要遵纪守法。但是法呀纪呀太多了，要学懂学会太难，所以，我怕了。"

刘怡苑搂住余凌云的臂膀："这都是小事情，你如果真有想法，我可以找这方面的行家帮你。"

"这当然好！"余凌云仰起头想了想，深深吸了一口气，朝刘怡苑一笑，"要是一般人，还不趁机在我身上榨几斤油？你不但没有，还处处为我着想……"说着，她的眼圈开始泛红，脚在地上来回蹭着。

刘怡苑拍拍余凌云的肩膀："你是一个单纯的好姑娘，如今这样的人不多了，所以我不愿意让你再受创伤。"

余凌云低下头，沉思片刻，她突然抓住刘怡苑的手："我不再好高骛远了，就脚踏实地做公司。你说得对，不懂可以请懂的人。我想听你一句话，如果做公司，你能不能给我帮忙？我不要你推荐的人，就要你！"

刘怡苑完全没有想到，一愣："我可是公职人员呀！"

余凌云看着刘怡苑："这个我知道。你如果能出来最好，实在不行，你把着关，两头顾着，这样，我就不怕在税务上出问题了。"她摇了摇刘怡苑的手，“你肯定是党员。”

刘怡苑点点头。

“那更好。”余凌云说，“这个生意肯定能做大，但是路一定要正，不能偏。所以呢，如果咱要成立公司，就在公司成立党支部，你当党支部书记，把住关。你管路子正，我管事做大。”

这时候广播里响起她俩的名字，催她们登机。她们说得太投入了，竟忘了时间。

飞机起飞后，余凌云歪过头去看刘怡苑，真诚地微笑着说：“你还没回答我的请求呢。”

刘怡苑一笑：“我先给局长发信息。”

“那你的心思呢？你自己愿不愿意？”

刘怡苑咬了一下嘴唇：“我愿意跟你这样的好人合作。对了，你看，这是我打算发给局长的信息草稿。”

余凌云接过手机，前面的内容是她刚才请求的话，后面是刘怡苑的态度：

> 来香港前，咱们在商议时，你感叹说像余凌云这样的人才，我们应该帮助，而且让我代表局里出面帮助，你没说怎么帮，这一次和余凌云在香港，我进一步考察了她，发现她人品极好，是个非常难得的人才，她做跨境电商，熟门熟路，又有千万粉丝的良好基础。她的想法和打算是新时代所需要的，所以我建议局里批准，派我出面帮助她成立公司做跨境电商……

余凌云看完，欣喜地把手机捂在怀里，脸上写满欣喜，甚至是幸福。

早晨，大海航空集团的董事长朱经纬一边喝着咖啡，一边看着《集团最新资讯》。看到有关余凌云的相关内容时，立即放下杯子，问：“余凌云出事了？怎么回事？”他看着于秘书，“这上面只两句。”

秘书把事情的经过简短地说了一下。

“她现在人呢？”

“在税务局……”

“苟国栋没有伸手搭救吗？”

秘书往前走了两步，说他已经跟税务局沟通过了，然后说了事情的原委。

朱经纬意味深长地出了一口气：“这个老东西！”

“这样，”朱经纬说，“这个余凌云，我们要用。你跟几个董事沟通一下，我们成立一个公司，余凌云做股东。她作为拥有一千二百万粉丝的大V，用她的影响力和号召力作为资源股。”

“我现在就办，估计沟通完毕需要一天时间。”

“弄好就通知我，我们立即开董事会研究。”

等秘书和所有董事沟通完毕，已是第二天上午十一点多。朱经纬已经离开办公大楼，就在汽车上开了视频会议，几乎是一致通过。

朱经纬立即吩咐秘书：“你给人事、法务、乘务、新媒体打招呼，尽快办理，小心别人走在咱们前头。”

朱经纬万万没有想到，他如此雷厉风行，却还是落到了后面。这个人不是别人，就是那个对余凌云再熟悉不过的水旋风。

水旋风通过文香一直关注着余凌云，得知她的遭遇后，心痛不已，立即跟平头哥商量办法。

他近来一直在和网络界打交道，深知拥有一千二百万粉丝的余凌云其实已经拥有了堪称黄河市最大的财富，那就是人气。

实际上水旋风一直在琢磨着余凌云的事业。他和网络界大咖商谈的时候说到余凌云，他们异口同声地说，只要与她合作，弄啥成啥。于是他仔细研究了余凌云的网络经营，而且拉了一个小的微信群，名字叫“风云投”，制订了紧急投资网上合约书，随时准备与余凌云合作。

之前水旋风不能参与余凌云事业的唯一障碍，就是苟国栋。现在好了，苟国栋当缩头乌龟，他正好乘势进入。

但是，他想到了余凌云的面子问题，不能让她尴尬。

于是，他连夜在“风云投”里发了一条创业信息，直接说了大V余凌云的现状和他们的机遇，然后把电子合约发上去。

由于水旋风人品和成就有口皆碑，再加上投的是朝阳产业，如今正是风生水起的时候，投的又是具有相当影响力的余凌云，他的朋友一个比一个踊跃，在网上签订了个人对个人的投资合约后，朋友们把钱直接从网上打到水旋风账号上。然后由文香代表“风云投”与余凌云签合同。

一大早，水旋风就把两千万打到余凌云银行卡上，并让文香全权代理。他还特别反复交代，不让文香说出自己的名字。

余凌云和刘怡苑一下飞机，发现文香站在接机口。

“凌云——”文香喊着，上去抱住了余凌云。

“你今天应该飞芝加哥吧？”

“我不飞了。”

“为什么？”

“辞职了。”

“辞职？”

“对啊，跟着你干一番事业。”

“跟着我？”余凌云瞪大眼睛，“我还被关在税务局里。”

文香这才朝刘怡苑伸出手：“刘怡苑局长吧？集团里传说，余凌云是初犯，而且主要责任不在她，只要交了钱就可以出来，是不是？”

“是。”

文香笑了：“凌云，你打开手机看看你的银行账户。”

“不用看，没几个钱。”

“你看看嘛。”

于是打开，大惊：“我怎么……”她数着，“个、十、百、千、万、十万、百万、千万！我怎么有了两千万？”

文香笑了："我没给你说过，我一个远房表哥，一直是你的粉丝，他投资的。只要你同意，一会儿咱们签个合同，总共一个亿。这两千万是给你的，他们再投资三千万作为本金，占两成，你占八成。咱们先交税，然后成立一个跨境电商公司，名字就用你的网名，咱们还是做老本行。交了税，光明正大地做。我表哥说，相信你一定能干得风生水起。"

余凌云禁不住朝刘怡苑看了一眼，感慨地说："想到一块儿了，还是好人多！"

刘怡苑点点头："这就是大势，那个狗屁教授就不在势上。"

文香很敏锐地说："那个人渣，只会偷鸡摸狗！"

余凌云的眼眶再也框不住眼泪："文香，谢谢你。"

"怎么还反过来谢我，完全是你个人的魅力，我还沾光了呢。我表哥说，由我代持他的股份。你看，我不是一下子成了老板了？"

刘怡苑笑了："那就转款吧。"

待余凌云顺利办完转款补税等手续后，刘怡苑接到了局长的电话，竟然一开口就称呼她为"刘书记"。

"局长，"刘怡苑一头雾水，"我怎么成书记了？"

局长说："正好省局领导来咱们这儿调研，我把咱们局的意见和你的想法给省局领导汇报了，得到了大力肯定和赞扬，局里班子又开会研究了一下，派你去余凌云那儿，帮助他们成长发展，你分管的工作暂时由我们几个分别负责，至于你的待遇和其他方面，走着说着，摸着石头过河，也算咱们税务局为促进跨境电商发展做出的大胆尝试。具体地说，局里同意你去余凌云的公司担任党支部书记，成立公司时给开发区党委报批党支部，在此之前，党支部先挂在咱们局党委。"

刘怡苑听着，朝余凌云竖了一下大拇指："同意了！"

余凌云咧开了嘴："太好了！"

在汽车上，余凌云看了文香拿来的合同，不由得搂住文香的脖子说："谢谢你，文香！"

其实，余凌云在粉丝快到一百万的时候就在考虑成立公司的事，并且思考了许多办事的路径。比如关于公司骨干，必须想办法让他们死心塌地，让大家持有公司期权，只要在公司工作，这个股份永远有效。但这次的税务事件让她猛醒，遵纪守法才是做生意的正道。

好在有了刘怡苑！她想。她把文件转发给了刘怡苑，然后调皮地说："刘书记，请你把一下关。"

文香在副驾驶位子上坐着，一直听着她们对话，似乎明白了刘怡苑和公司的紧密关系，心里暗暗高兴。

余凌云这时候拍拍文香的肩膀，说："我和刘局长是真正的患难之交，我想请她做公司的党支部书记和财务总监。"

文香反应极快，立即转身朝刘怡苑伸出手："欢迎刘书记加盟！"

她们后来到税务局办完手续，又马不停蹄地到了空港的一个咖啡厅，就公司所有具体问题一一研究。

大海航空集团公司董事长朱经纬秘书小于打电话给余凌云，得知她就在空港，立即赶来了。跟她们说了集团的设想，这才知道，已经有人抢先投资了。小于立即给董事长汇报，董事长感叹一番，遗憾自己动手晚了。最终双方讨论协商，让集团做了第二大股东，并且集团给余凌云的公司有偿提供了办公地点，就在航空大楼上。

三天后，公司正式成立。随即，报请开发区党委同意，在公司成立党支部，刘怡苑担任支部书记。按照余凌云的意见，不庆祝，不发表新闻消息，默默地干，因为客户都是她在网上的粉丝，不需要宣传。

但不是说一切都悄无声息。为了请全国最优秀的人才加盟，她在网上发了招聘广告，招聘运营总监、仓储总监等，除了高薪，还有股份。当然，这个股份离开公司就作废。

一个礼拜后，所有人员到位。董事长余凌云发现，所有的事情都有得力干将在干，自己反倒没什么事可做。

"你的事情，就是不断拍摄新视频，吸引粉丝、留住粉丝、扩大粉丝群。只有这样，咱们的跨境电商才能飞速发展。”总经理文香认真地说。

党支部书记和财务总监刘怡苑跟进一句：“你前面的视频我都研究了，一条比一条好。我想，咱们把还没有发布的脚链的视频发上去，试水看看。”

对这个视频，余凌云和文香已经想了好几天，所以按照思路，先发了余凌云戴着精美脚链出海的视频。过了半小时，在网友们大呼太美、要买的时候，余凌云发布了国内这种脚链的销售价格：三百六十六元人民币。接着又发了在雅典商店拍的脚链售价的视频，折合人民币约一百五十元。发上去后，立即有网友发评论，想两百元买一条。而这个脚链，进价其实折合人民币只有五十四元，按照这个价格上综合税，不到五块钱，加上物流等费用，最多二十元人民币，那么，这条脚链的成本就在八十元人民币以内……

于是，余凌云发了一段视频在网上，是她与雅典水晶脚链公司签合同的照片，然后是余凌云拿着脚链往脚上戴的视频，接着是余凌云佩戴脚链出海的特别剪辑视频。临近视频结尾，余凌云面对镜头说道：“亲爱的朋友们，我的脚链大家赞不绝口，评论已有三百多万条了。由于大批量买，人家给的是出厂价，这就是商业上的 B2B。我再通过海关给国家交税，这一交税，商品有什么问题，国家会出面为咱们维权。一条销售一百元人民币。之前有朋友想两百元人民币买一条，那是海淘的价格。大家现在就可以下单，我们已经与雅典联系，咱们的货走的是从卢森堡到黄河市的货运专线，后天货就能到。当天过海关、上税，当天就可以发货。”

说完，视频在她典型的上弦月般的微笑中定格。

他们在航空公司大楼上的办公地特别气派，本身就配备有宽大的显示器，网络连接非常方便。余凌云刚才发的视频，在大屏幕上显得更生动真诚。

大家都满怀期望地看着，看着网上发来的评论和下单情况。操作员是一个小伙子，动作麻利，不断把飞速传到屏幕的评论截住让大家看。大都是赞扬，接着就是下单，还有关于下单的评论：“快点下手，这是余凌云姐姐第一次给大家发福利，下手晚了就没戏了！”

不到一小时，十万条脚链全部销售完毕。

小伙子啪地敲了一下键盘，高声叫道：“十万，全部卖完了！”

余凌云立即出镜，对网友表示感谢。这一下没买到的网友不愿意了，一条条评论飞速上传，要求余凌云再向雅典方面购买。

余凌云想了想，网友提得有道理。刚要打电话给雅典水晶公司，雅典方面发来了视频，是公司的十万条脚链送往卢森堡专线上飞机的视频，飞机今天下午飞往黄河市航空港，将在半夜抵达。

文香对小伙子说：“把这段发上去。”

余凌云随后给雅典公司负责人打电话，要求再买十万条。对方犹豫了半天，说等一下。过了一会儿，又回过来电话，说现在只有三万条，要做够十万条，还要等二十二天。

文香点点头：“外国人做东西，慢着呢，要不是我们在雅典时就草签了合同，他还不会有这十万条。”她看看大家，对凌云说：“凌云姐，你不用管了，我们处理就行。”说完就安排人员去雅典，要求保证产品质量，绝不能萝卜多了不洗泥。然后又派人与航空公司联系，要求和卢森堡飞黄河市的货运航班形成战略伙伴关系。又与负责物流的小伙子商议，怎样以最快的速度发到网友手里。

余凌云看着文香的安排，不禁把刘怡苑叫到一边：“文香说要快一些，你想想，有没有最快的通关上税方法？”

刘怡苑琢磨了一下：“咱们的货物是大量大批的，一次到很多，但又不是全部卖给一个人，所以不能一下子上完所有税。但是咱们又销得很快，几乎是一个连着一个商品不停地出货。我想想……”

说着，刘怡苑坐到电脑前，打开有关方面的文件和法规仔细阅读。

余凌云根本看不明白，索性和公司的摄影讨论起逆光拍摄的问题来。

就在这时，她听见刘怡苑给保税区领导打电话，又给税务局领导打电话，商讨了一会儿，放下电话，欣喜地跑到余凌云面前："解决了！没准儿我们会创造出一个模式。"

余凌云右手抓住她的手，左手给文香招手。

刘怡苑说："我研究了保税区文件，又研究了税法，突发奇想，可以搞一个适应咱们公司的通关上税方法。"

余凌云摇摇她的手："快说嘛！"

刘怡苑说："咱们的跨境电商货物从海外回来，可以放到保税区。这样，虽然到了我们机场，却不用上税，而且货物是成批的，我们让海关和税务先抽查商品，然后按照卖出价格算出每一个商品的税。这样一个个商品在出关的时候，就不用再让税务部门出面，而是让商品从流水线上进关，进一个商品扫一个码，就知道应该上多少税，直接从咱们账上扣就行。这样，很快就能在电脑上完成通关和上税。"

余凌云听得很认真，一下子懂了，高兴得跳了起来："太棒了！就从这十万条脚链开始，进入这个快速通关快速上税流程。"

刘怡苑点点头："没问题，放心。"

文香在一边说了："我觉得这是一个伟大的创举，今天是值得纪念的一天。这么好的方法，得有个名字吧？"

刘怡苑点头说"对"，然后开始琢磨。

余凌云笑笑说："干脆就叫'秒通关'吧。"

"好！"刘怡苑和余凌云双双击掌，高声通过。

文香也兴奋地鼓起掌来："我立即落实！这大事弄成，也就这一会儿！"

"不对。"刘怡苑摇头，"看着是一会儿，其实是滴水穿石，比如去税务局那天，特别是那晚。"

文香叹口气："怡苑姐，你不知道，凌云姐已经为这一天准备了几年。跟别人说别人都不信，她把好多国际经济学的大部头作品都啃过来了，什么《国富论》啦，海了去了。”

“所以说嘛，”刘怡苑赞叹，“机会总是留给有准备的人。”

余凌云感慨万千，她被大家表扬得有些不好意思，于是站起来大声说：“快给我派活儿啊！”

文香说：“除了拍摄，你还必须参加一些活动，你是公司最大的牌子、最闪光的亮点。所以，明天和我去香港会见三个跨境电商、跨国集团的董事长。人家都想目睹你余凌云的真面目呢！”

话没落音，手机响了。文香一看：“王啸台，他这会儿捣什么乱？”

文香接通电话听了一会儿，然后用手捂住手机，表情夸张地悄声对余凌云说：“王啸台要一条脚链。”

余凌云说：“让他等等，二十天以后。”

手虽然捂着，王啸台还是听见了，声音一下子喊得很大：“我就现在要，而且不付钱！”

余凌云一笑，把电话拿过来。

王啸台说：“现在你是黄河市的传奇人物，我霸王啸怎么能不走近传奇人物呢？给你说吧，我不是白要一条脚链，而是用我专门为你的水晶脚链做的啸歌来顶账。”

余凌云笑了：“你个王啸台，太好了，发过来看看。”

王啸台啸歌的视频立刻出现在办公室的大屏幕上。他这次的啸有改变，第一句啸声中就有了词：“水晶脚链我的妹。”然后是曲折婉转的啸声，唱着啸着，王啸台手里出现了一条水晶脚链，随着他的歌声啸声，脚链在他的手上翻飞自如，如蜻蜓寻找花朵，突然蜻蜓飞了，到空中，一只纤纤玉脚伸出来，脚趾朝上，飞翔的水晶脚链一闪一闪，款款落下去，套在了脚脖子上。又一句歌词“水晶脚链我的妹”响起，啸声达到高潮，随后缓缓落下，屏幕上只剩下一只如春笋般的脚腕，脚腕上闪动着一条水晶脚链……

办公室里立即响起掌声，每一个人都很兴奋。

余凌云禁不住给王啸台打了个电话："谢谢谢谢，太感谢了！这段日子我真是坎坷不断，我注意到你这些天一直在法国巴黎参加音乐节，天天忙乎也没忘记在你的微博和微信朋友圈发图文关注和支持我……是真朋友，自然路遥知马力，回头我请你吃饭！"

王啸台在那头回话了："吃什么饭？太俗了吧！给一个飞吻吧。"

余凌云又笑了："你想得美！"

王啸台："我说凌云呀，我刚才说你是黄河市一个传奇，一点都没有夸张。那天听说你被关了，我急得到处找人捞你，还没找到扎实的人，朋友就说你已经出来了。这不，你一下子就如日中天了，我真是惊讶又激动得不知如何是好，就给你创作了这首啸歌，别笑话，是真心真意啊！"

余凌云感动了，吸了一下鼻子，哽咽着又说了声："谢谢。"

香港的事情很顺利，其实业务在网上已经谈好了，只是大家具体见一面，签一下合同，把合作意向落实在纸上。另外，这几个跨国公司老板早就想一睹余凌云风采，所以这次会谈、会谈后的宴会无疑是个很自然的机会，一切水到渠成。

晚宴上余凌云和每一个人碰杯，大家都表现得真诚有礼，氛围融洽祥和。但余凌云心里清楚，人情是人情，生意是生意，生意人就是要赚钱。应该说，这些人给自己的货并不太贵，他们做批发生意，必然要从中盈利，这本也是他们应得的。而从自己这方面来说，若想把生意做大做强，就要跳过这一环节。

宴会结束后，文香和余凌云在车上意犹未尽，继续交流。文香说："以前咱们在海外淘东西时，价钱跟他们给的差不多，这说明海外销售商已经从我们手里赚了一部分。"

"现在我们以公司的名义，直接在海外厂家进货，就像这次买脚链，最好按照我们目前的需求量，做个提前预估，大批量进货就会很便宜。"

"对，这就是典型的B2B。我们再一单单销售出去，面对每一个消费者，就是B2C。加在一起，就是B2B2C。刘怡苑已经和海关签了合同，在保税区租仓库，从海外进的货，放到保税区。光是放还不算，还和税务部门协调好，享受国家B保税。这个政策，让我们一下子少缴两到三个点的税呢！”

余凌云感叹：“我当时让刘怡苑来咱们公司当书记，只是想着她懂政策，给咱们把关。但通过她办的这个B保税，还有上次说成的‘秒通关’，竟意外地给咱们公司创造了巨大效益。”

文香点点头：“这些效益最后都会落到消费者头上。所以说，我们多了一个党支部书记，消费者少花了不少钱。”

余凌云猛然说：“这里离苟国栋的别墅区不远。咱们去看看，说不定这家伙已经放松了警惕，没准儿会碰见他。”

文香一听，说：“走！去堵这个人渣！”

苟国栋确实没有想到，余凌云会在偷税事件过后来别墅找他。以他的判断，余凌云这样的女性，憎恨一个人就会一辈子不理睬，却不会去伤害他，这可以说是一类女性的软肋，也正是他之前敢于放开手侵害余凌云的原因。

余凌云和文香走到苟国栋别墅前的鹅卵石小径前，见别墅门开着，门口放着一篮快递来的鸡蛋。苟夫人出门取鸡蛋，与余凌云她们正好当头遇见。

“哎呀余凌云。”苟夫人似乎很高兴，“好久没见着你了，想死我了！”放下篮子就去和余凌云拥抱。

余凌云迅速闪开了，脸上没有任何表情：“苟国栋呢？”

“在家里，正跟学生上课呢！”

余凌云大踏步过去，从花园里弯曲的鹅卵石小径匆匆走过，上了别墅台阶，猛然推开虚掩着的别墅门。

客厅里，巨大的水晶灯下是红木茶几，苟国栋和一个年轻姑娘坐在茶几两头的沙发上，侃侃而谈。

苟国栋万万没有想到，余凌云会在这个时间、这个地点出现，但他反应迅速，笑着对余凌云说："哎呀凌云，好久没见你了，很想念！"说着向前一步，"给你介绍一下，这位是江阳市市长的千金于之若。"

于之若惊叫一声："你就是余凌云呀，太荣幸了！"

余凌云礼貌地点点头，与她握了一下手，然后怒气冲冲地走向苟国栋。

苟夫人这时候突然醒悟了，迅速几步上前，横在了余凌云和苟国栋之间："凌云，凌云，坐下说话啊。"

余凌云刚要伸手拨开苟夫人，文香就冲了过去，抓起篮子中的两个鸡蛋，啪啪扔到了苟国栋脸上。

蛋白和蛋黄混合在一起，从苟国栋的左脸上流淌下来。

苟国栋伸手一抹，反而弄得一脸鸡蛋糊："凌云，你……你误会了……"

余凌云闪过苟夫人，一步到达苟国栋跟前，在他没有挂上蛋液的右脸上，狠狠地给了他一个耳光。

"凌云……"苟国栋还要说什么。

余凌云拉起文香的手，不屑一顾地走了。

苟夫人跑过来，拦住余凌云，眼睛里尽是愤怒："凌云，我们咋亏欠你了？打人不打脸，你怎么敢打你老师的脸？"

也许由于过度愤怒，也许是她家别墅前的大理石台阶太陡，苟夫人一脚踩空，一个跟斗栽下去，脸朝下地扑倒在地上。

好在她瘦，而且敏捷，顺势一滚，没有伤得太重，挣扎两下就爬了起来。

第十七章

铵气逼人的片场　举目无亲的异乡

闵笑天的保姆车在电影拍摄现场很显眼。车里，他仰面躺在椅子上，助理冲泡好咖啡，端给他：“温度正合适，喝吧。”

闵笑天不接，坐起来说：“你说那个丫头，怎么就那么多心眼呢？”

“是啊。”助理把咖啡端在手里说，“她怎么就想到直播呢？”

“不能就这么罢休。”

“总会有办法。”

不远处是剧组简陋的宿舍，大约一个小时后，余凌霄在宿舍里收拾好行李准备回学校。闵笑天的助理走进宿舍，在她面前撂了一个剧本。

余凌霄瞥了他一眼：“啥意思？”

闵笑天助理冷着一张脸：“下一部戏，这是剧本。好好研究一下，虽然镜头不多，但是戏很重，要演出真情感来。”

余凌霄拿起剧本，没有看他，随后给陈青峰发了条微信，说又要拍摄下一部剧。陈青峰问：“哪天？”

余凌霄答：“后天上午。”

陈青峰第二天下午赶到北京。临行前，他跟父亲说要用一下北京的车，父亲问缘由，他咧嘴，笑说自己还没看过拍电影，并邀请父亲一起前往，父亲竟也同意了。

剧组设在北京东郊高碑店，他们到达剧组的时候，太阳西斜，却仍明晃晃的。豪车一进剧组就引来了围观：“哎呀，这是来看谁的呀？”

“当然是看闵笑天的，谁有他的牌子大？”

陈青峰一边下车一边高声说：“谁说是看闵笑天的？我们是看余凌霄的！”

一场子人顿时不吭气了，突然一个小伙子高叫：“凌霄——”

余凌霄正在闵笑天的房间里看剧本，听见叫声，开门出来。阳光正好照在她的脸上，眼睛被阳光耀花了，便展开手去遮太阳。待看清是陈青峰，脸上顿时绽放出花样的笑容，并立刻跑过去抱住了他。

陈青峰趁机在她的脖子上亲了一口，然后对她介绍说：“这是我爸爸。”

余凌霄转身看着陈青峰父亲，这一转，有点回眸一笑百媚生的意境，陈父不禁在心里感慨儿子有眼光，便不由自主地微微一弯腰，笑着朝余凌霄伸出手。

余凌霄从小跟着校长姥爷和教师姥姥生活，姥爷教给她交往之道，凡遇有钱有权有势的人，要表现出不卑不亢，所以她在上大学后就总结出一套和这些人的交往规则，其中就包括握手之道。

她把胳膊稍稍抬起，将手略伸到胸前一点，并不显得过于热情谦卑。当对方握住她的手时，她则礼貌地停顿一下，正所谓浅浅一握，然后说：“叔叔好。”说完就抽回手。

陈父很少遇到这样的点到为止的握手，他还没有正式握住，对方已经抽手了，他把手从半空中收回来，为了不让别人察觉他的尴尬，他顺势抬腕看表：“六点多了，走吧，我请你们吃饭。”

余凌霄看着陈青峰父亲：“剧组有纪律，我得请个假。”

闵笑天知道陈青峰父亲要请客，是助理告诉他的。助理首先发现的是豪车，然后给闵笑天预警：“不好，大户来了，冲着余凌霄的。”

“咋个大法？”

“开了一辆三百多万的豪车。”

“噢，”闵笑天从窗口往外看，“说不定是个砸咱场子的人。”

所以，当余凌霄敲门请他们去赴宴时，闵笑天断然拒绝。

助理瞪了她一眼：“晚上要暖场，你忘记了？”

“哦。”余凌霄低了一下头，虽然她特别反感这个助理，但她知道，自己目前还不是大明星，不知道哪块云彩会下大雨，所以要一部戏接一部戏地拍。面对闵笑天和这个狗仗人势的助理，她知道自己要忍耐，并在心里告诫自己：“小不忍则乱大谋！”所以她浅浅一笑，从她的笑里看不出一点不高兴，“好的，那就以工作为重。”

余凌霄出屋，给陈青峰一说，陈青峰很不满意：“什么狗屁导演，一点人情不通。”

余凌霄更正：“不是导演的事，我们这儿，导演说话不算数。”她压低声音，“是闵笑天。”

“那个流氓！”陈青峰脱口而出。

陈父拉了儿子一把。“这样，咱去给凌霄弄几个菜来，让她就在这儿吃，带上餐桌，就算是一起野餐了。”

陈青峰点点头，和父亲去了，一下弄了十几个菜，两个餐桌摆到剧组租用的场子的一侧。刚好剧组要开饭时，他们的菜也摆好了。

余凌霄正在和闵笑天一起谈剧本，陈青峰去叫她，她应声而出，被闵笑天喊住了：“干啥？跑啥？”

“啊，那个……我，那个，叫我。”

“我让你走了吗？”

“没有。”

“坐下，谈感觉，在雪窝子里住的牧民，有山珍海味吃吗？”

余凌霄答：“没有。”

“明天就要拍雪窝子戏了，你去吃山珍海味？！”

“他是叫咱们一起吃饭呢，吃完再谈感觉。”

“吃了山珍海味，还感觉个屁！”闵笑天猛然把剧本摔到地上。

余凌霄怒火中烧，但她咬了一下牙，忍住了，反而笑着捡起剧本：“好的，我不去吃了，咱们在一起吃，吃什么？”

“吃盒饭。”

“雪窝子有盒饭吗？”

闵笑天瞪了她一眼：“没有盒饭，但有相当于盒饭的吃食，为了艺术，就得牺牲！”

余凌霄闭了一下眼，心里骂：“混账东西！”但一睁开眼，却笑着说：“好好好，牺牲！”说完跑出房间，跑到陈青峰父子跟前，看着一桌子山珍海味，咽了一口口水，手指头往房间里悄悄一指，嘴一撇：“不让，要我体会雪窝子里的伙食。”

陈青峰眼一瞪：“什么狗屁想法！”

陈父却笑了：“这就是艺术！好的，让他们剧组的人吃了就是。”

余凌霄对陈父一笑，转身对剧组同事们摆摆手说：“这一桌菜大家随便吃吧，我要体会雪窝子戏，吃盒饭。”

一个工作人员刚刚喊了一声：“太好了。”被另外一个工作人员警告一声：“你不想混了？！”

于是，一大桌子山珍海味摆在那儿，却没有人过去吃，大家都蹲在地上吃盒饭。

陈父挠挠头：“这个……这个……这就是艺术吗？”

陈青峰：“咱俩去吃了。”

陈父似乎明白了什么：“别去，咱们去了，肯定吃一肚子气。咱走了，这菜就物有所值了。”

果然，当余凌霄回到闵笑天房间，与他一起体会雪窝子生活的时候，陈父带着儿子走了。可十五分钟后，等他们突然开车拐回来时，发现剧组一帮人围在餐桌旁大吃大喝，直接用啤酒瓶子碰杯：“干！”

陈父笑了：“搞艺术的人就是这个式子？”

晚上，闵笑天又让余凌霄在他房里暖戏，并和助理一唱一和，软硬兼施地让她“假戏真做”。

“就当这是雪窝子。”他一边在屋里走一边说，“天寒地冻，男人出去寻找失散的羊，你在屋里眼巴巴地等着，终于，男人回来了，却一头倒在你面前，他已经冻僵了，你怎么办？”

“按照剧木……”余凌霄说，“我立即把你的皮大衣脱下来，然后拿盆子到外面装了一盆雪，回来给你搓身子。”

“搓过来没有？”

“搓着搓着，你醒过来了。”

“还是醒不了，怎么办？”

“醒不了？”余凌霄疑惑地说，“剧本上不是说，搓过来了吗？”

“那样不吸引眼球！”闵笑天说。

余凌霄点点头，心想：“这老东西是不是想让我裸体呢？”

闵笑天走近余凌霄，很近地看着她：“这时候，还搓不过来，怎么办呢？”

“再搓！使劲儿搓！绝不能用热水，用热水人就死过去了。”余凌霄知道他想什么，就不往那儿说。

“还是搓不过来呢？”他又那么直勾勾地盯着她。

“喊人来搓！”

“荒郊野岭，荒无人烟，哪儿有人呢？”

“抱一只羊来，把羊跟他绑一块儿，羊身上热。”她说得很认真。

助理在一边看不下去了，甩下一句：“放屁！”然后说：“猪都听明白了，你还不明白？”

余凌霄斜了助理一眼：“嗯，我知道，你听明白了。”

助理知道余凌云机智地骂他是猪，但来不及反驳，就伸出一根指头：“你咋不想想，还有人能暖过来吗？”

余凌霄一撇嘴：“你不就想让我跟上一部戏一样，跟他再睡一个被窝吗？”

“知道了为什么不说？”

“好了，我明天这样演不就行了嘛！”余凌霄并不公然生气反对，却暗自在心里有了应对的主意。

助理笑了：“这还差不多，不过我要告诉你，这回可要脱光了，胸脯贴住他的胸脯，这才能拍出真实的效果。”

“你这辈子就是当个助理的命，成不了演员，更成不了腕儿，满脑子乌七八糟的东西，什么都不懂！”余凌霄鄙夷地看了助理一眼，一扬头准备往门外走，“我回房间了，明天按时拍。”

助理：“按说，你晚上应该住在这儿，就当作是雪窝子。”

余凌霄：“不怕我再直播一晚上吗？”

助理：“不准直播。”

余凌霄：“身正不怕影子斜，为什么不让直播呢？想搞什么鬼名堂呢？”

“直播就直播嘛。”闵笑天说，“直播了，你我都增加影响，就这样定。”

于是，一个晚上，余凌霄就在闵笑天屋子睡，她从柜子里拿出两床被子，一床铺在地上，一床盖着，床上是闵笑天在睡。一个晚上，两人只能相安无事。但是让粉丝们享受大了，一个晚上，余凌霄增加了几十万粉丝，评论多得翻看不过来。

次日吃完早饭，开始拍摄。雪窝子景已经搭好，一切准备好后，导演大喊：“开始！”

闵笑天穿着脏兮兮的皮大衣，摇摇晃晃地走向雪窝子。同样穿着皮大衣的余凌霄惊喜地冲出去：“布仁巴雅尔，你终于回来了！”

闵笑天刚要说话，却没有说出来，一头倒在余凌霄面前。

余凌霄焦急地把闵笑天拖进雪窝子，脱了他的大衣和上衣，用手搓了两下，跑到外面装了一盆“雪”回来，继续给闵笑天搓身子。

当然不是雪，是碳酸氢铵化肥，跟雪一模一样，但味道很冲鼻子。余凌霄一闻心里就有了数，抓着碳酸氢铵化肥就一下下往闵笑天的脖子上搓，闵笑天的鼻子冲得一耸一耸，忍不住打了个喷嚏。

余凌霄惊喜地说："啊，布仁巴雅尔，你醒了，太好了！快快醒来吧。"

闵笑天睁开了眼："你怎么随便改台词？"

"随机应变嘛！"余凌霄一边说一边继续用碳酸氢铵化肥给他搓。

导演喊了一声："停！"然后对闵笑天说："真好，余凌霄现场发挥得很出色，戏份足，神来之笔，就用这一条吧。"

闵笑天想发火，但是导演说得有道理，他只好忍着。

余凌霄心里暗笑："伪君子！披着羊皮的色狼！"身上一阵轻松，因为不用拍裸戏了。

闵笑天和助理都闷闷不乐，助理一边给闵笑天穿衣服一边说："赶快回屋里把这臭味儿洗干净。"

余凌霄走到导演跟前，给导演做了个鬼脸，伸出大拇指。

导演什么都明白，含蓄地一笑。

到了房间，闵笑天把剧本往地上一摔，狠狠地骂了一句。

助理搭话了："我有法子，下周不是去柏林拍《淘爱》吗？叫上她。"

"这个本儿，是不是下得太大了？"闵笑天疑问。

"你定。"助理说。

闵笑天突然一咬牙："就这样定。"

闵笑天怎么也没有想到，到柏林当晚，他把余凌霄灌醉后，余凌霄在醉酒状态下还没有忘记防身。当他和助理把她扶进房间，助理离开，他想脱她的衣服时，她一个高抬腿，膝盖重重地顶在他的裆里。他大叫着离开余凌霄，在地上打滚，助理闻声赶过来，发现他已经半昏迷，送到医院后，第二天早晨才能走路。

第二天早晨，浑然不知的余凌霄碰上闵笑天，嘻嘻笑着迎上去问：

“哎呀，你怎么啦？”

闵笑天怒吼一声：“滚——”

助理恶狠狠地说：“你把他踢成这样，还装不知道！”

余凌霄笑了，虽然脸上笑容很浅，心里却花开十里。

哈哈，滚就滚，正中下怀！她想：“刚好到柏林玩两天，顺便给粉丝们发点福利。”

第十八章

复苏的古荥蚌泽　奇异的蝎子疗法

安姑娘是越南人，跟一个去越南进货的小伙子跑到甘肃白银。刚要结婚，那小伙子出车祸死了，她一下子没了着落。恰巧李矿生他爹去那儿打探金矿情况，见她一个人在路边号哭，没人关心，便去摇摇她的肩膀问话，才知道她不会汉语。她比比画画地把事情说了个大概。于是，李矿生他爹便帮着处理了那小伙子的后事，把她带到了黄河市。安姑娘很感激，给他生了一个娃，没想到娃没满一岁，他就走了。好在这时候她已经学会了汉语，于是有了与水乾坤——水烟袋来往的事情。

她现在又是要去见水烟袋了。

到了世纪星大厦，她直接去了水烟袋办公室，却没有找到人。值班经理跑过来，她笑笑问："水总去哪儿了？"

值班经理连忙回答："噢，水总去古荥蚌泽了。"

安姑娘："好的，我去找他。"

值班经理："我派车送你。"

她跟在值班经理后面，禁不住问："听人说这些天来，大厦还在亏损？"

"是的。"值班经理说，"来住的客人很少，但是大厦每天的开支是不能变的。"

安姑娘停住脚："你觉得有希望赚钱吗？"

值班经理吸了一口气："难说，你问问水总，就啥都知道了。我看他心里有底。"

"噢……"她没有再问，开始往前走，心情却很沉重。

值班经理给司机交代得很清楚，所以司机很快在古荥蚌泽的一块水湾子处找到了水烟袋。

司机要喊水烟袋，安姑娘不让。她站在一处坚硬的土岭上，朝下看着水烟袋。

"奇怪！"她在心里说，"他这是弄啥呢？"

水烟袋拿了根长长的柳枝，弯腰伸到水里，过一会儿，把柳枝提上来，然后又垂下去。

她在越南的家乡钓过鱼，但这不是钓鱼呀，这是……噢，这种方法，是钓蟹呢！只有蟹才会在动的树枝碰到时夹住不放，钓上来还不放。

湾子深，黄河在湾子很远处流淌着。这些年的黄河水已经不黄了，三门峡大坝和小浪底大坝把水拦住，放下来的水都是清的。湾子口地势高，把黄河水挡在了外面，但是只要把水放到每秒两千六百立方米，水就能进来，当然，这里的水也就能出去。也就是说，这个湾子的水，在黄河水放到每秒两千六百立方米以下时，是独立的水湾子，太适合养殖了。

安姑娘正想着，突然看见水烟袋钓上来东西了，喊着他身边的小伙子："快，照个相，咱古荥蚌泽真的有蚌了！"

安姑娘站在土岭上，情不自禁地鼓掌。

水烟袋这才发现了安姑娘。

"啊，小安，你来了。"他招手，"快快来看，咱这儿有蚌了。"

她应了一声就走过去，低下头，轻声说："我听说大厦一直赔钱。"

"是啊，赔是正常的，不赔才怪呢！"

"是我连累了您。"

“不能这样说，你没看我在想办法吗？”

“钓蚌是办法？”

“当然啦！”水烟袋眼里立即有了光芒，“千年古荥蚌泽，终于真正有了蚌，这是我们黄河市的福音啊！”他看着遥远的黄河，“当年，这里肯定蚌多，捕鱼人不但在这里捕蚌，还总结出一套做蚌的方法。所以，古荥蚌泽有蚌，将是我们发展的契机，也是我们大厦盈利的契机。”

安姑娘不断地眨着眼看着水烟袋，嗫嚅：“蚌……和发展……”不解。

水烟袋却掏出手机，给水旋风打了个电话，让他叫余凌云过来拍个钓蚌的视频。

水旋风却不愿意：“你叫助手拍好，我让文香拿给她发上去不就行了，还非得亲自来吗？”

“当然得她亲自来！”水烟袋斩钉截铁地说。

水旋风那边沉吟了一会儿，突然说：“那个张蝎子也得来。”

水旋风说：“你叫他来，我叫余凌云来。”

“你这小子！”父亲拿着手机骂，“跟我讲起条件了！”

说到这个张蝎子，是个江湖郎中，专治跌打损伤，特别对古怪、老旧的大伤有奇特疗效，这人穿得像个叫花子，但是治好了不少奇病。因为爱吃“驴那个”，水烟袋不久前结识了他。打一开始看张蝎子治病，水旋风就想让张蝎子给余如梦试试，可父亲一直不让治，说是江湖郎中不敢全信，再说手下也没轻重。如果能把余如梦治好了，自然皆大欢喜；可万一治得更重了，反倒把儿子和余凌云的事弄砸，以后两家人都不好相处。

最近几天，水旋风叫张蝎子给余如梦看病的想法越发迫切，因为余老师又瘫倒不能下床了。但所谓“爱屋及乌”，对余如梦的关注和关照，归根结底还是因为余凌云，水旋风对余凌云的心意始终没变。而且，他听了张蝎子的几个治病案例，坚信他能给余如梦治好。所以当水烟袋让水旋风叫余凌云来拍摄钓蚌的视频时，水旋风便跟父亲“讲起了条件”。

水烟袋笑着呵斥儿子一声，然后告诉儿子："张蝎子就在西厢房睡觉，你拉上他去看病，看完了拉到蚌泽来。"刚放下电话，又打过去："把凌云也叫上，不不，我现在也赶回去，你等着。"

从古荥蚌泽急匆匆赶回家后，水烟袋直奔西厢房。张蝎子就住这里，早晨喝多了，正在屋里大睡。水烟袋拍门没人应，却听见山呼海啸般的呼噜声，就推门进去了。"起来起来。"他边喊边把张蝎子拽了起来。

张蝎子揉着眼，左眼睁开一条缝："噢，乾坤，又有啥大人物要治病？"

水乾坤就详细讲了余如梦的腰病。

张蝎子一听，咧开嘴笑了："这是骨头撴乱了，我一招让它跑到原位！"

水乾坤非常认真："你可不敢吹！这个人可是我家的重量级人物，你只能治好，不能治瞎！"

张蝎子一头倒下："你不信我，我不去了。"

水乾坤把他拉起来："谁说不信了，只是这个人太重要，不能有半点闪失。"

张蝎子呼出一口酒气："你说，我啥时候闪失过？"

水乾坤直直地盯着他："真的有把握？"

张蝎子："手拿把掐。"

水乾坤心里有底了，他知道儿子这一段跟余凌云闹着别扭，让儿子叫余凌云也只是对儿子的一个促进，他并没有把宝全部押在儿子身上，而是先给柳依依打了电话，向她介绍了这个张蝎子的厉害，然后说了想让他给余如梦治病的事，在柳依依激动的回应声中，他小声说，想让柳依依叫余凌云回来见证。

柳依依想都没想，就爽快地答应了，然后他才让张蝎子坐上车开过去。

柳依依自然给余凌云打了电话。凌云太忙，多少天都没见父母了，可一听有医术高明的奇人来给父亲治病，立即答应回来。

水旋风是和平头哥一起来的，水旋风先进了余如梦家，随后余凌云也回来了。

现在的余凌云今非昔比，后面跟了一群助理，不少是给她拍视频的。光汽车就来了三辆，前面一辆商务车，后面一辆商务车，中间是一辆黑色轿车。

余凌云还没进门，水烟袋和依然醉醺醺的张蝎子也来了。

平头哥见状，一下子把张蝎子举到空中，晃了两下。张蝎子顿时清醒，啊了一声，摇摇头，在自己脸上扇了一掌，很响。

余凌云跑过来了，叫道："水伯，"然后瞪大眼睛看着张蝎子，"就是他治病？"

水烟袋笑着点点头，小声说："人不可貌相，你一会儿就知道了。"

张蝎子刚走两步，就回头喊："我的箱子。"

司机已经打开车的后备厢，要往下搬，但因为太重没搬下来。平头哥过去，手一提就提起来了，箱子里面的东西咣当乱响。

余凌云跑到水烟袋跟前，异常忧虑地说："水伯，我怎么越看越不是那么回事儿呢。"

"不要紧。"水烟袋说，"这是奇人，奇人必然有奇异之处。"

进了屋，余凌云直奔父亲床前，眼泪顿时下来。

张蝎子一条腿顶着余如梦的床帮，眼睛眯着，突然伸手到他的被子角，惊呼一声："蛇！"

一屋子人都吓了一跳，余如梦也惊得上身往上耸动了一下。

张蝎子看到了余如梦的耸动，又在自己脸上扇了一下。

一屋子人都看着张蝎子，几乎所有人的心都提起来。

张蝎子伸手去搬余如梦，平头哥闪过来，只一搭手，余如梦便翻过身来。

张蝎子在余如梦的脊椎上，一节骨头一节骨头地捏了一遍，对平头哥说："把钢板拿来。"

那一片两尺多长的钢板就在水旋风跟前，水旋风伸手一提，提不动，平头哥一伸手，一只手提上来，在空中平持着，问张蝎子：“往哪儿放？”

“这儿。”张蝎子把手放到余如梦身边。

“钢板那么凉！”余凌云一听就急了。

这时候水旋风说话了：“稍微等一下。”说着过去，把上衣扣子一解，光着肚子贴到钢板上，“我先暖暖。”

余凌云闭住了眼。她想起自己之前对水旋风说的重话，弄得她现在无法面对他。

“好了，钢板热乎了。”水旋风一跃起来，与平头哥一起，把余如梦放到钢板上。

张蝎子又从箱子里拿了一条两厘米宽、五厘米长的钢板，贴到余如梦的脊椎上，扬起榔头，大叫了一声：“啊——”

一屋子人都吓得瞪大眼，他的榔头却轻轻砸下去。

随着，又是更大的一声叫，大家又是一惊，他的榔头又轻轻砸下去。

然后，他把钢板往下微移，没有喊叫，闪电般狠劲砸下去。

余如梦大叫一声，两只脚跷了起来。随着是一身的汗。眼一闭，昏过去了。

“爸——”余凌云急了，“爸，你醒醒。”

张蝎子伸手在余如梦脊椎上一摸，对水旋风和平头哥说：“压住背和腿。”

两人赶紧压住。

张蝎子声音很重：“我不说话不要放手。”

两人立即应：“好！”

张蝎子闭眼对天，嘴里咕咕哝哝一阵。突然弯下腰，到他的箱子里拿出一个瓦罐，在人们还没有反应过来的时候，把瓦罐里的蝎子捏出来，捏到余如梦的左右腰眼上，一蜇又一蜇。

“啊噢——”余如梦狼一般大叫一声，醒了。

张蝎子看着蝎子蜇过的地方，眼见着两个大包肿起，这才对水旋风和平头哥一扬手："放开吧。"

"疼死了——"余如梦高叫。

张蝎子一笑，手朝空中一抬又一抬，说："好了，你可以起来了。"

余如梦不喊了，一拱腰："哎，能动了！"随之起身。

一屋子的人都鼓起掌，张蝎子却一副习以为常的样子，很低调地收拾箱子。

余如梦下了床，对张蝎子弯下腰去行鞠躬礼："太感谢你了！"

张蝎子咧开嘴笑了，然后说："乾坤害怕我有闪失，一直不敢让我来，今天把我审了半天，我给他下了保票，他才叫我来了，他把你看得比他自己还重要！"

余如梦转身对水乾坤，刚要开口，水乾坤看着他先开口了："咱两家就是一家，啥都不要说了，我这会儿心才放到肚子里边了。"

余凌云看在眼里，心里什么都明白了，她走到水乾坤跟前："水伯，听说你在蚌泽养了许多蚌，我去看看吧。"

水乾坤高兴得直甩手："太好了太好了，走，出发，古荥蚌泽。"

不到一小时，他们到了古荥蚌泽水湾子处。水烟袋把他刚才拿着的柳树枝递给余凌云："你在水里探探。"

余凌云不解："探什么？"

"一会儿就知道了。"

于是余凌云在探，水旋风在一边看着，悄声问平头哥："你说我爸进了多少蚌？"

"两吨多。"

"啥时候？"

"这些天陆续进，都是晚上，趁没人的时候放到古荥蚌泽里。"

张蝎子在他们忙乎钓蚌时，坐在松软的草地上伸开手，猛然抓一下，又抓一下，抓的是飞过身边的小虫，然后放到瓦罐里喂他的蝎子。

突然，余凌云探到水里的柳条动了，水烟袋大喊："快提！"

余凌云一提，一只蛤蚌随柳枝提上来了。

水烟袋过去，拿起蛤蚌。"千把年了，这个古荥蚌泽就没有蚌，现在蛤蚌又回来了！余老师，你也来钓一个。"

水烟袋与余凌云和余如梦拿着钓上来的蛤蚌合影，水烟袋向着镜头，对余如梦父女说："其实钓蚌的最佳时候是晚上，夜深人静，柳枝一到水里，蛤蚌就咬住不放。"

余如梦笑了："多有诗意，秋夜折柳钓蛤蚌！"

余凌云是有意来这里感谢水乾坤的，她的助理们一到古荥蚌泽就开始了视频录制，余凌云钓蛤蚌的过程，他们说话议论的过程，全部录制下来，并且迅速剪辑好，让水乾坤看。

水乾坤一看，大呼好极了，他叫他的助理来看："快快，学学，这才叫专业！"

余凌云让她的助理把这条视频加上标题：千年古荥蚌泽无蛤蚌，一朝风清水净蚌自来。发到网上，正如水烟袋所期望的，不到一个小时，就形成热点。迅速有人在网上邀约："明日周末，谁去蚌泽夜钓？"

水烟袋立即让助手在古荥蚌泽网建一个群：蚌泽夜钓。

中午的饭自然还是在水烟袋的"驴那个"店，水烟袋让助手把余凌云和水旋风安排到一块儿。但是余凌云等不到那时候，航空港保税区要她去谈谈 B 保税事宜，下午就要上会。

走时，余凌云抬眼看了一下水旋风，迅速又垂下眼皮。

余如梦叫她："凌云——"他想当着这么多人的面，让她对水旋风表示感谢，但她招了一下手，就跟着文香跑了。

张蝎子一直喝酒，不管别人说话。

柳依依悄声问："您用那个榔头，我们都知道是为了校正，但为什么要用蝎子蜇呢？"

张蝎子喝了一口，说："你看看他那腰肿不肿？"

柳依依撩开余如梦的衣服。“肿得跟包子一样。”

“这不就对了！”张蝎子说，“刚把错的骨头弄对，怎样保证不走形？腰上又不能打石膏，夹板也夹不到位，唯一的办法，是把肉弄肿了，跟包子一样挤着，就一丝不差地固定住了。”

这一顿饭吃得开心热闹，快到尾声时，一个人在水烟袋肩膀上捶了一拳。他一回头，惊叫：“梁会长！”立即向大家介绍，“这是黄河市旅游协会会长。”遂拉开凳子，“我正要找你呢！”

会长说：“我吃过了，就给你说一声，市领导看了古荥蚌泽有蚌的新闻，要我来这儿考察，落实蚌泽夜钓事宜。你世纪星大厦的住宿，能保证吗？”

“那还用说！”水烟袋拍着头，“一定完成市里的任务，食宿都不是问题。”然后小声问，“住房吃饭费用要不要优惠？”

“走市场。”会长一挥手。

水烟袋笑了：“你放心，我一定把蚌泽夜钓做得比西安摔碗出名。”

这时余凌云和文香乘坐的汽车已驶出了古荥蚌泽。余凌云电话响了，是余凌霄打来的。

“怎么样，女主演得如何？”余凌云声音里充满关爱。

“别提了。”余凌霄在那边说，“狗东西想在柏林灌醉我得手，没想到爸教给咱的防身套路一招制胜，把那臭流氓踢得够呛。”

余凌云着急地问：“他们找你事儿没有？”又加一句，“你在那儿人生地不熟的。”

“他们敢找我事儿？放心吧。哎，咱爸咋样？”

“就要跟你说呢。”余凌云笑道，“水旋风找了个江湖郎中，叫什么张蝎子，就一会儿，竟把爸的腰给治好了。”

文香接过电话：“水旋风又给你姐表了一回忠心。”

“我姐心气太高，一直想着立马昆仑，看不清水旋风的好处。”

余凌云听见了，拿过电话：“你个疯子！”当然是笑骂，又说，“哎，凌霄，咱要上 B 保税了，这是天大的好事。说了你也不明白。对了，你正好到柏林的足球啤酒公司去一趟，我们马上给你发一个电子委托书，委托你到足球啤酒公司谈个大宗采购。价格越低越好。”

“低到什么程度？”余凌霄在那边说，“总得有个参照吧？”

“每升一欧元就可以。”

“噢……”余凌霄显然在心算，然后说，“这种啤酒目前在黄河市卖多少钱一升？”

“德国的牌子很多，但最有名的足球啤酒还没进来。我问了，就是因为价格高。咱们通过中欧班列运回来，十二天就到，保证质量，特别是口感。咱们批发，最少十六元一升，扣除海关上税百分之九，扣除运费和环节费用，你算算，这里面的利润很可观了。”

“我明白了。”余凌霄话锋一转，“你现在不是个人，是公司。你说吧，给我怎么个说法？”

“你如果谈得好，就做咱们公司的海外总监，给你百分之十股权。亲姐妹，明算账，好不？”

“马马虎虎吧。”余凌霄高声应了，“老流氓还是做了件好事，让我省了来谈生意的差旅费。”

第十九章

讨价还价的儿子　四面楚歌的父亲

下雨了，香港的秋天雨多。苟国栋看着窗外，对刚从伦敦回来的儿子苟小句说：“爸这学期课少，快两个月没回内地了，明天有个演讲，你能跟我一起去吗？”

“我不去。”儿子拿着手机玩他的游戏，“跟你们老家伙在一起，没劲。”

苟夫人凑近儿子，说：“你爸爸最近有些烦恼，想让你同行，也好保护他。”

“他还需要什么保护？”儿子不屑地说，手里还打着游戏，“整天装得跟个变形金刚似的。”

苟夫人讨好地说：“跟你爸爸一起去啊，保护他。飞机票已经给你订好了。”

“不去。”儿子依然不抬头。

这个时候，苟国栋有点众叛亲离，只有儿子是最可靠的。虽然他嘴上顶撞，但毕竟是儿子，打断骨头连着筋。

苟国栋坐到儿子对面，也没有什么范儿了，说：“你这博士也毕业了，有具体打算了吗？之前想让你在英国就业，关系也给你疏通好了，可你就是不听话！”

一句话说到儿子痛处。“在英国就业？他们看着我不顺眼，我看他们更不顺眼！”

“那好，现在回国了，你想做什么呢？”

“创业！”儿子不假思索，看来早有想法。

“噢，怎么创业？”

“你也学学人家，一下给儿子几个亿，让儿子先定个小目标，赚他一个亿。”

“但是，爸爸没有几个亿。”

“一千万也行。”儿子直直地看着他。

“但是爸爸没有一千万。”

“我妈说了，有。”

“这个……你不知道，爸爸这些钱是违法赚的，而且……”他推了一下玳瑁眼镜，“爸爸由此损失的名誉难以挽回。爸爸不可能再赚什么大钱了，这一千万只能给你一部分。就是全部给你，你能做出个样子来？”

“没问题。”儿子来了精神，“一切听爸指挥，您是经济学专家。”

“那好，我已经想好了，咱们到缅甸开一个仓库，就开到靠中国的边境上。咱们在那儿进全世界的无税货，我已经跟几个跨国公司老板谈好了价钱，很低的价格，直接发到咱的边境仓库，再从那儿，由中国快递发到全国各地。”

“去缅甸？”儿子挠了一下头，“那个地方荒无人烟的，在国内不行吗？”

“经济学就是这样，越是荒无人烟的地方，越是赚钱的好地方。”

“那……好吧。”儿子勉强答应了。

“你先跟你爸去一趟北方大学，给你爸保驾护航。”苟夫人拳头往前一伸，“关键时候，一拳打死镇关西。”

“那……好吧。”儿子总算答应了。

其实这次到北方大学演讲一事，要在过去，苟国栋都是不接的。自从瘦肉精事件以来，他的信誉大幅度下滑，很少有人请他了。

“这讨人厌的秋雨！”他站在窗前说。

平心而论，苟国栋在学术上还是有一套的。他善于学习，更善于研究，所以对新鲜事物能够及时地给予解释。

苟国栋和儿子到达的这个北方城市靠近内蒙古，这里的人也有塞北性格，做事狂放。在他们从机场往学校赶的时候，一支特殊的“城市暴走旗队”正在集结。

这是由退休妇女组成的暴走大军，她们打着旗帜，一走就是二十公里，一边走还一边呼着口号。这些人年轻时赶上特殊时期，没真正上过什么学，文化程度不高，不满情绪却不少。退休后秉性不移的她们总要寻找排解失落情绪的出口，当“暴走风”吹来，她们中的不少人立刻成为狂热的响应者和“改造者”。

集结完毕已是下午两点，打旗的王姐把旗帜一挥，大家立即列队站好，准备出发。

王姐却说：“上次，是我给大家放了苟国栋的水能源演讲，害得大家都跟着买了股票，结果跌得不可收拾，正没有办法解恨，这苟国栋就来了。”

人群立即散了，大家纷纷喊叫：“苟国栋在哪儿，找他算账去！”

“围他三天三夜，让他知道，普通民众是不能愚弄的！”

各种各样的喊叫持续了一段时间后，王姐对大家说：“他今天下午在北方大学演讲，我们是不是去收拾他？”

得到的自然是一片赞同之声。考虑到大学校门不会让暴走队伍进出，所以她们决定化整为零，三点钟，一队人马分头行动，已陆续渗透进北方大学大礼堂。

苟国栋在学校大礼堂的演讲是从下午两点半开始的，儿子坐在台下第一排，看着爸爸的演讲，觉得比他在英国大学的教授讲得精彩多了。

苟国栋是从设问开始的。

“什么是德国工业4.0呢？”苟国栋问大家，也不等有人回答，就说，“当然首先有工业1.0，1.0当然是蒸汽机出现后的工业应用；那么什么是2.0呢？就是规模化的工业生产；3.0则是电子信息技术所产生的工业革命。这些革命现象大家都看见了，我们用的手机、坐的高铁，都是这3.0工业革命的成果，但是我们必须看到未来工业发展的前景，这就决定了我们目前必须关注什么、方向在哪儿。”说到这儿他停了一下，然后又伸手朝前，“说到这儿，我们必须明白一个西方词语，这个词语叫CPS，是英语Cyber-Physical Systems的缩写。”他用流利的英语说出来，“这是德国联邦教研部与联邦经济技术部在2013年汉诺威工业博览会上提出的概念。它描绘了制造业的未来愿景，提出继三次工业革命后，人类将迎来以信息物理融合系统为基础，以生产高度数字化、网络化、机器自组织为标志的第四次工业革命。它的核心是连接，要把设备、生产线、工厂、供应商、产品、客户紧密地连接在一起。工业4.0适应了万物互联的发展趋势，将无处不在的传感器、嵌入式终端系统、智能控制系统、通信设施通过信息物理系统，也就是我们刚刚说的CPS，形成一个智能网络，使得产品与生产设备之间、不同的生产设备之间以及数字世界和物理世界之间能够互联，使得机器、工作部件、系统以及人类通过网络持续地保持数字信息的交流。”

说到这里，他把手往下一劈：“没有听明白不要紧，我会用浅显易懂的事例解释。”

然而，没等到他把浅显易懂的事例展开讲解，暴走大妈们就行动了。

化整为零进入会场的暴走大妈们，片刻间站满会场四周，一个个看上去很朴实的样子。突然，王姐打出了一面红旗，上面有四个醒目的黄色大字：暴走旗队。

“暴走旗队”是什么意思呢？她们的解释是“有旗的队伍”，汉语在大妈们面前表现出了空前的大度和无奈。

王姐高呼一声：“苟国栋，大骗子！”

大妈们立即响应："苟国栋，大骗子！"

喊声未落，执行力极强的大妈们蜂拥而上，台上的苟国栋还没来得及跑开，大妈们已经把他团团围住。台上立即乱哄哄一团，苟小句哪儿见过这样的场面，一时间魂飞魄散，但他还没忘了拨打 110。

台下的学生们立即散了。负责组织演讲活动的教务处小刘本来正在给小孩网购尿布，听见呼啸之声连忙赶过来，可现场已经不可收拾，他只好也打了 110。

警察倒是迅速，不到五分钟就冲进会场，把苟国栋解救下来，并顺利拉出学校，准备送去派出所。

苟小句生怕那些妇女撵到派出所，后患无穷，便当即提出，让警察送他们到机场，提前返程。苟国栋却不同意："我得给学校打电话。"

"在路上打吧。"苟小句说。

"不行，他们讲课费还没有给呢。"

"回头叫他们打到卡上。"

"不行，你不知道邀请演讲的这些人，今天我在这儿，他们不当面给，就永远不会给了。"脸上突然一喜，因为电话接通了，"啊啊小刘啊，这个讲课费啊……"

小刘却在那头说："大事不好教授，暴走大妈们在学校操场暴走，一边走一边呼口号，说苟国栋是骗子，学校是帮凶，不把您抓回来说清楚赔偿，她们就在学校一直闹下去。"

"这个……"苟国栋万万没想到会这样，他咽了一口唾沫，一时不知所措。

苟小句立即果断决定："爸，走，赶紧去机场。"

第二十章

神奇的翻译软件　爆红的东方娇颜

余凌霄在柏林街头的阳光里走着，前面有一个快餐店，她不知不觉走进去。肚子饿了，想要一个汉堡包。

服务员是个老头，很快拿来了汉堡，放到她的餐桌上。她刚要拿起来吃，又对手机翻译说了一句："请来一听德国足球啤酒。"

手机翻译给老头后，老头眼睛瞪得很大，对着手机："你喜欢足球啤酒？"

手机即时翻译过来，她立即点点头。

老头迅速给她端了一杯过来，放到她面前："请用。"

她其实从不喝啤酒，因为人们说喝了容易长肚子。但要去谈啤酒生意，起码得了解它。

她朝老头笑笑，笑得很甜美，说："你也喜欢喝足球啤酒？"翻译了过去。

老头一听问话，立即回答："当然，这是我生命的一部分。"

余凌霄惊讶道："生命的一部分？"

老头干脆坐下来。"我烦躁了，喝一杯足球啤酒，心就平和下来；我悲观了，喝一杯足球啤酒，心情立即好转。昨天我的股票大涨，我一激动手脚就发冷，赶紧喝一杯足球啤酒，心情便平静下来，手脚也不凉了。"

余凌霄笑了，觉得自己似乎理解了足球啤酒，便友好地对老头说：“咱俩喝一杯，我请客。”

老头立即端来一杯，和她一碰，眯住眼睛，小小呷了一口，在嘴里回味了半天才咽下去。

余凌霄学着老头，也小呷了一口，在嘴里回味。

老头又呷了第二口，比第一口大一些，只在嘴里停了一下，没有回味，咽下去了，张开嘴，吸了一口气：“美味。”

她听了翻译，立即附和了一句：“美味。”

一杯酒喝完了，老头坐在余凌霄旁边，眼睛闭上，脸朝上仰着，一脸的幸福。

她也闭上眼，回味着嘴里的酒味。这才觉得，像在家练完舞蹈，妈妈端给自己的冰水一样，喝一口润肺沁脾，美妙无比。

有顾客来了，老头走去招呼，余凌霄便吃了盘里的汉堡包，拍拍手去结账。

结账的是个老阿姨，一看她的餐桌，摇摇手，说这一顿老头请客。

她立即摇头说：“不行，是我请，我说了的。”

译过去后，老阿姨摆手微笑。

她一噘嘴，做出生气的样子，却显得很可爱。老头和老阿姨看着她，笑了。老头走到余凌霄身边说：“我们是夫妻，我们太喜欢你这样的孩子了，欢迎你随时到我们店喝足球啤酒。”

“不要钱我就不来了。”

老头想了想，说：“那好，你每次来，我们夫妇给你付欢乐钱，你付吃饭钱，这不就行了吗？”

余凌霄心情好极了，不由自主地过去拥抱了老两口，然后一摆手，走出了快餐店。

她一下子觉得信心满满，直奔足球啤酒公司而去。

陈青峰的信息来了：“我怕你在那边太孤单，我去陪你好不？”

“谁说我孤单了？一点不孤单！”发出去后，又补了一条，“谈判如果顺利，继续做下去，你就来；如果不顺利，要继续攻坚，你也来；如果门儿都没有，我就回去了，你就不用来了。”

这条信息发出去后她又赶紧补充：“不可能门儿都没有！我一定攻下来。”

想到陈青峰能来陪同，余凌霄心里乐开了花。她在车上又搜索了足球啤酒公司，知道了公司的老板是老先生奥利弗，脾气古怪，却非常懂得经营，把足球啤酒看得比命还重要。

她在心里琢磨怎样给他一个好印象。想了想，试着搜索老先生的日常活动，发现他作息非常规律，五点起床，七点到公司，午餐后会去高尔夫球场打球，两小时后再回公司。

由于他不定时到公司某个部门察看，公司所有部门都不敢有半点松懈。

余凌霄在路上想好了三个方案，然而，当她到达足球啤酒公司的时候，三个方案一个也没有用上，因为老先生不在公司。她便和销售部门代表谈了想法。

销售代表是个留着短胡须的中年男人，不苟言笑，刻板而认真，得知她要订购一批足球啤酒后，并没有兴奋，而是开始查电脑。过了大概二十分钟，才对她说：“这个月不行，已经订完了。考虑到你们是中国公司，我们也有意打开中国市场，所以下周可以给你三千升。”

余凌霄表示感谢，心想，暂时可以，打开市场后如果需求量增加，再谈。这才说起了价钱。

中年男人说：“每升零点九六欧元。”

余凌霄在心里一算，好呀，已经比文香说的价钱低了，心里不禁一喜，却还想再压一点，就说：“我们准备用中欧班列运输回中国，这样，比轮船运输快两个月，成本会增加，但是保证了啤酒的最佳口感，所以呢……”她用了一个最灿烂的微笑：“希望价钱上再给予优惠。”

中年男人认真地看着余凌霄，嘴角动了一下，似乎接受了余凌霄的微笑，却不为所动地说：“每升零点九六欧元。”

余凌霄低头想了一下，说：“好的，谢谢。”

中年男人问：“现在可以签合同吗？”

余凌霄不笑了，用很官方的表情说：“我想见一下你们老板。”

“这样小的生意，老板不会见的。”

余凌霄愣了一下，突然看见中年男人桌子上有一个牌子，上面是足球啤酒公司官方网站的二维码，便对中年男人说：“我明白了，我原来还琢磨，为什么德国的两种啤酒都打进了中国市场，而你们这么著名的品牌，却在中国市场没有声响，原来你们不重视、不稀罕中国的市场。好了，我扫一下你们的二维码，在你们公司网站的评论栏里说一下我的观点。”说完用手机译过去给中年男人听。

中年男人万万没有想到，这个看上去文文弱弱的小女子，能有如此见识和行动。在余凌霄扫二维码的时候，他伸手一挡，然后说：“老板正在检查工作，我稍后和他约一下时间，看看明天能不能和你见一面。”

余凌霄一听，笑了，甜甜地说：“谢谢你。”同时扫了足球啤酒公司官网的二维码。

中年男人脸上露出了笑容，给余凌霄端来一杯水：“请坐。”

余凌霄坐下，从二维码进到了足球啤酒公司的网站，发现老板奥利弗正在网上视频直播。

奥利弗正在啤酒花田野，和采摘女工探讨啤酒花的采摘问题。奥利弗把女工采摘的剪刀拿在手里反复端详，又用手指头把剪刀刃上下刮蹩了一下，然后拿起剪下来的啤酒花，仔细观察着剪刀剪过的印痕，最后把啤酒花往女工的篮子里一扔，说：“要想想办法，用一种原始的采摘方法采摘啤酒花，钢铁的剪刀剪过的花萼部，存放时间不到半小时就会有锈迹，做到啤酒里，能不影响啤酒的口感吗？”

余凌霄笑了，不禁想起父亲教的竹刀舞。父亲说这舞来自民间，竹刀是山民采摘茶叶和水果时用的，并不是那时人们不愿意用钢铁剪刀，而是没有铁制品。竹刀，是最原始的、可随时在山间找到的、能迅速制作的一种工具。

她立即通过手机翻译软件，在奥利弗直播节目下方的评论区发布文字："尊敬的奥利弗先生，我是来自中国的啤酒采购商代表。我听了您的想法，认为您对啤酒质量的重视，达到了一般商人难以企及的境界。您提倡的用原始的采摘方法采摘啤酒花的说法，其实在中国早就有了，中国人就用竹刀采摘茶叶、桑葚等，而在艺术表现形式上，我们拥有极富原始风情的舞蹈：竹刀舞。"

余凌云发完后喝了一口水，发现是中国的绿茶，便对中年男人一笑："谢谢你的茶。"

中年男人没有立即回应她。他在看公司群，发现奥利弗老板特别重视这段文字，在群里问："请问这个中国采购商在哪里？"

中年男人立即回答："在我们采购部。"

奥利弗说："接待好这位贵宾，我半小时后到。"

余凌霄当然也看到了，不过她要用手机里的软件翻译一下，所以要比中年男人晚一些知道内容。就因为晚这一点时间，中年男人主动把她请到了贵宾室，让她坐在松软的沙发上，打开了光线柔和的灯。

中年男人把茶给她端了过来，放到茶几上，又指着茶几上的几种红酒和啤酒，问："你喜欢哪种酒，我给你开。"

余凌霄笑说："还是咱们的足球啤酒吧。"

老板奥利弗赶回来前，余凌霄与姐姐余凌云进行了沟通，并且把足球啤酒公司销售部视频给凌云看，让她等自己的好消息。

大约半个小时后，奥利弗回来了。

见奥利弗大步流星走过来，余凌霄连忙站起身来，远远地朝奥利弗伸出手。

奥利弗握住余凌霄的手，看着余凌霄的眼睛："你怎么这么年轻？"

余凌霄翻译过来一听，笑了，说了声：“谢谢。”

“你这么年轻，怎么知道采茶采桑的竹刀呢？”

“是我爸爸教给我的。”

“你爸爸是茶家吗？”

“我爸爸是舞蹈家。”

“舞蹈家！”

“是的，我爸爸到山区茶场采风，看到少女们用竹刀采茶，就编了个舞蹈，叫竹刀舞。”

“噢——”奥利弗恍然大悟，“舞蹈家的发现，来自生活。”

“爸爸为了让跳舞的人掌握好使用竹刀的姿势，专门拿了五把竹刀回来，教给歌舞团的人，当然，在家里，也教我和我姐姐。”用手机译给奥利弗听了以后，她接着说，“竹刀舞中手指的动作，就像这样。”说着，她将大拇指伸开向后弯，食指和中指呼应大拇指，形成美妙的指尖舞蹈，下面无名指和小指则死死扣住，手上便动静有序，若茶叶在手上翻飞跳跃。

奥利弗感叹道：“太漂亮了。”又下意识地摇摇头：“不单单是手上的舞蹈吧，应该还有身体的动作吧？”

“当然。”余凌霄说，“是用竹刀采茶的整个过程，分取刀、鐾刀、出刀、试刀，然后是用刀，分侧用刀、直用刀、反用刀、正用刀、擦拭刀、闻刀，然后才是收刀。”

虽然是借助手机软件进行的翻译，奥利弗依然听得很激动：“太好了，等于给工人做了用竹刀采花的示范。”他突然站起来，走到余凌霄面前：“中国女士，我冒昧地问一句，你能不能给我们表演一下？”

余凌霄看看自己的脚，刚要说话，奥利弗说话了：“舞蹈鞋，我马上准备。”又说：“你在评论区说的竹刀，我让采购人员在网上搜了，没有你说的采茶竹刀，但是有竹子做的刀具。”

就在他的话音刚落时，一个小伙子跑来，在奥利弗面前打开一个包，里面全是竹子做的刀。奥利弗把包口打开，十几把大小不同的竹刀展现在余凌霄面前。

余凌霄拿起一个小的。“这把比较接近采茶的竹刀。”说着握在手里一试，“中间应该再有一点点弧度，刀背就和人的手贴近了，甚至贴紧了，用起来就会得心应手。”译过去后，她用拇指、食指和中指握着刀表演起来。

奥利弗笑了：“太好了。”然后对小伙子说：“赶快做，让工人做几种不同的刀背弧度，拿给中国女士看，直到合格。”

余凌霄一听，申请道：“我一起去吧。”

奥利弗摇摇头：“非常感谢！不过你现在不能去，因为还要准备干了的竹子，厚度强度都要做一个设计，然后才是弧度。让他们准备好了，你再去我们的机械修理班。”说着抬起头。

这时一个中年男人来了，手里拿着三双舞鞋。

余凌霄接过，试了第一双，很合适。

奥利弗微笑着说：“咱们的销售大厅正好是木地板，能不能麻烦中国女士委屈一下，就在大厅里给我们开开眼界？”

余凌霄生性开朗活泼，站起来，双脚在地上一弹：“很好。”说着转头朝奥利弗一笑，“献丑了。”奥利弗点头，应答式笑着，却有点茫然。但这茫然瞬间消失，因为余凌霄在手机上找到了竹刀舞的乐曲，很快便随着音乐翩翩起舞。

奥利弗酷爱艺术，当然也包括舞蹈，所以，当余凌霄用专业的舞蹈语言诉说时，奥利弗似乎看到清晨的山间，绿色的茶园被淡淡的薄雾笼罩着，采茶女踏着田埂进入茶园，婀娜多姿的身体划开了流淌的雾，从腰间拿出采茶的竹刀，红红的嘴唇抿了一下刀刃，刀刃似乎一下有了激情。少女略一收手，竹刀到了少女面前。少女在衣服上一鐾，刀刃立即有了战士上战场般的回应，少女嫣然一笑，出刀远去，一试又回，接着是花样翻新的侧用刀、直用刀、反用刀、正用刀。花式不同的用刀，采到不同的茶，一刀刀入兜，兜满了，汗在额头，轻轻拭汗后，充满深情地闻了闻刀，自然闻到了茶香，闻到了土香，闻到了田野的香，闻到了大自然的真味。少女深深吸香入肺，缓缓侧过头去，那边有鸟鸣，那边有深藏不露的薄雾，一轮红日冉冉升起。

曲终了，少女迎着日出，脸上是灿烂的微笑，是甜甜的幸福。

奥利弗感动了，忘记了鼓掌，在中年男人使劲鼓掌后，他才猛然鼓起掌来。

刚才拿竹刀来的小伙子一直在录像，这时候一边收手机一边感叹：“太棒了，这是最美的劳动和生活的艺术。”

奥利弗走到余凌霄面前，真诚地说：“感谢。我想请你做我们足球啤酒的广告模特。”

当余凌霄听完奥利弗的请求后，说：“西欧美女如云，我一个中国女孩，恐怕不能胜任。”

奥利弗摇头：“你才是最合适的。你如果同意，我想谈一下价钱。”

“不用。”余凌霄说，“先试一下，行了再说。”

奥利弗摇摇头：“你们中国人爱自谦，你刚才的舞蹈已经说明了你的实力。行，肯定行。”

余凌霄心里的激动可想而知。她轻轻咬了一下嘴唇，点点头说：“那……好吧。”

晚宴是在一张很长的条形桌子上进行的。奥利弗说这是公司与重要业务客户谈判时用的会议室，一般开完会后，意向达成、合作成功，就在这里吃饭庆祝。今天和中国朋友的合作洽谈成功，所以在这里庆功。

开胃酒上来后，奥利弗和余凌霄碰杯后却没有喝，而是端着杯子突然问余凌霄：“我忘记问了，你怎么到了我们销售部？”

余凌霄一笑：“是想买你们的酒，进中国市场。”

奥利弗眼睛一亮，说：“我正准备进军中国市场，你就送来了好消息，你是我的福星。”这才与余凌霄碰杯，然后小小呷了一口，放下杯子，

"可以考虑做我们在中国的市场总代理。"

又是一个惊喜，余凌霄连忙表示感谢。

由于享受总代理优惠，足球啤酒的代理价格又下调了两个点。这个消息让文香在电话那头尖叫起来，然后把电话给了余凌云。凌云却小声地对余凌霄说："不要太兴奋。对了，你这些天拍广告，就跟着广告剧组，自己不要乱跑。"

凌霄虽然感觉啰唆，还是认真地听姐姐说话。她知道姐姐这次重新站起来，非常不容易。

十三天后，冲击性短广告已经拍完，整体广告继续拍摄。

第十三天中午十二点整，短广告已经投放在德国各大网站，柏林的大街上也出现了余凌霄和足球啤酒的平面广告，是余凌霄清纯的眼睛向左上四十五度角望着的形象，如早晨带着露水的花朵，特别青春勃发。广告词是："青春，与足球啤酒做伴。"

闵笑天的助理首先发现了这个广告，他根本不敢相信这是余凌霄。他悄悄把这个消息告诉了闵笑天，闵笑天坚决不信。"胡说！她祖上烧八辈子香也修不到这份儿上！"

但他怎么也没有想到，制片人在晚饭前找他，让他以最快的速度把余凌霄找回来担任女主角。"她在德国，一天一夜间，已成了明星。"

闵笑天不吭气，手指在腿上一划一划。

制片人急了，说："就用余凌霄，我已经跟投资方说过了，大家一致同意。"

"如果用她，是要给钱的。"闵笑天说，"今天的她和十几天前的她，不一样了。"

"当然要付钱。"制片人一摊手，"这还用说？"

"付多少？"

"和你的一样。"

"那……"闵笑天抬起头说，"我不演了。她一个黄毛丫头，怎么能跟我一样？”

制片人打开手机，展开在闵笑天眼前：“你看看余凌霄在街上、网上的广告。她在欧洲，可比你红一百倍。”

“她在国内，比我差得远。我们的电影，票房主要在国内。”闵笑天叹一口气，“有她没我，有我没她。”

制片人的脸立刻拉下来，说：“也行，好在刚刚开拍，换一个男主角也没什么。你不演，按合同是要赔偿百分之三百的酬金的，付了你就走。”

助理马上来打圆场：“现在让他到哪儿找钱赔偿啊？我们演不就是了嘛！”

“请余凌霄还得你出面，解铃还须系铃人。”

“我坚决不出面！”闵笑天突然站起来，那里猛然一疼。

助理给制片人使了个眼色，两人悄悄出去。助理说：“我拿着他的电话呢，我用他的电话发信息，不就是他请了？”

制片人拍拍助理肩膀：“只能成功，不能失败。”

余凌霄接到闵笑天信息的时候，正是她在机场接陈青峰的时候。陈青峰远远就朝余凌霄大喊：“我给你带了壮馍！”

当然，壮馍还没有吃，他俩就拥到了一起。等他们依偎着拉上行李的时候，信息来了。

余凌霄笑了，给陈青峰看。

陈青峰哈哈一笑，说：“他妈的！去演！”

“不演。”

“为什么？”

“他们肯定看了广告，想利用我的名声。”

“这是当然的，但咱不也圆了电影梦嘛！”

“倒也是。”余凌霄说，“但有个条件，酬金一定要高于闵笑天，哪怕高一块钱都行。”

“对！”陈青峰一挥拳，“哪怕高一块钱！”

第二十一章

吉祥如云的乌鸦　谜团重重的边境

苟国栋教授和缅甸学生山松分别坐在办公桌两头，教授把面前的论文往前一推，对山松说："你看看，这样改一下是不是更好？"

山松是个典型的缅甸小伙子，下塌的鼻子，肤色黑红，眼睛却很大。他伸手却没够到，便站起身来，弯腰拿过去。

这一看，他震惊了："教授，您给我改了这么多，几乎是重新写了。"

苟国栋微微一笑，没有吭气。

山松低下头，认真看过，感叹："我的原稿只是个架子，您这一改，不，是重写，精彩极了，谢谢！"说着站起来，给苟国栋深深鞠了一躬。

苟国栋点点头："不要多礼。这样，你拿到校刊，给主编梁教授，我已经给他打过招呼，你拿去在校刊上发表，毕业和学位不会有问题。"

山松激动得半天说不出话来。

"教授，我能为您做什么呢？"

苟国栋一笑："你坐下，还真有个事情呢。"

"请说。用中国的话说，就叫肝脑涂地，在所不辞。"

教授又是一笑："我儿子小句想在缅甸建立一个仓库，就建在中缅边界缅甸境内。我们知道缅甸局势复杂，所以想请你父亲帮忙。"

"没问题！"山松豪迈地说，"我爸办这一点小事，不在话下。小句什么时候去？”

“你说好就去，我带他一起去。”

“好的。”山松说着，拿出电话，随即拨通父亲昂登的电话，然后用缅甸语说了一通，放下电话，笑了：“没问题，他让我带你们去。”

“那就择日启程吧。”

到达缅甸仰光机场是下午三点多，昂登派了车来接，接机的是个中年男子，满嘴的牙都是红的，嘴里还在嚼着。山松朝他狠狠地吼了一声，他才吐掉嘴里的槟榔，却没有生山松的气，说：“昂登在开会，让你们先看看大金塔，晚上一起吃饭。”

宾馆是缅甸涉外宾馆，还是不错的，中年男子给荀国栋和荀小句每人安排了一个房间，然后说在楼下等他们去看大金塔。

站在高耸入云的大金塔面前，荀国栋仰着头看着塔顶，半天无语。荀小句看着大金塔的顶端，那里落着一群乌鸦，天上还有成群成群的乌鸦在飞，禁不住说：“咱们一来，先见到这么多乌鸦，多不吉利！”

荀国栋抬起手往下一压，连忙制止儿子：“可不能这样说，乌鸦在缅甸人眼里，是神鸟，是吉祥鸟，越多越好。”

荀小句撇了一下嘴，不敢吭气了。

山松说：“这是世界上最大最高的金塔，外面全部是金子，而且不是镀金，是贴金。”

荀小句问：“镀金和贴金有什么区别吗？”

“区别大了。”山松说，“镀金用金量少得多，而贴金，则是实打实的金子片儿，往上贴的。”

荀国栋感慨地说：“信仰的力量能改天换地，缅甸这么穷，人们还能倾其所有，把这么大的塔贴得金碧辉煌。”

山松给父亲打了一个电话，放下电话对荀国栋说：“我爸爸的会上，正好有中缅边境守护旅的旅长，我爸叫他晚上一起吃饭。”

晚饭被安排在仰光最好的饭店，昂登低矮，却显高昂的热情，拉着苟国栋的手进了饭店，并让他坐在自己旁边，说了十分感谢之类的话，并说苟国栋的事是个太小太小的事，没问题。“班旅长已经答应了，他去接他女儿小班，他女儿也想去中国留学，正好你来了，让你认识一下他女儿，最好能上你的黄河商学院。”昂登继续说道。

苟国栋真诚地表示了感谢，然后对苟小句说：“你今后在缅甸，就靠你昂登叔叔了，鞠个躬。”

苟小句倒听话，起来鞠了个躬。

这时候旅长班雨和女儿小班到了。小班上幼儿园时家里就给她聘请了一个懂汉语的私人家庭教师，所以，虽然算不上精通汉语，但她的启蒙教育不时伴着汉语的渗透和学习。小班是一个无忧无虑的姑娘，在父母的呵护下成长得无拘无束，所以她几乎是跳着进来的。“哪位是苟国栋教授？”不等回答就指着苟国栋，“肯定是您，一看就是大学者。”

小班走到苟国栋面前，仰着头，一双大眼睛看着苟国栋：“我想当您的学生，行不？”

“只要分数到了，没问题。”

小班注意到了苟小句：“你一定是教授的儿子！”

苟小句点点头，微笑。小班凑到苟小句身边：“我知道什么菜好吃，对了，一会儿菜包鱼上来，我给你卷着吃。”

小班父亲很务实，坐在苟国栋身边，和苟国栋探讨地址问题，山松无缝翻译。

“确实要挨着中国的边境吗？”他问。

苟国栋点头。

“往里面一公里，不也一样吗？”

苟国栋看着旅长，沉吟了一下，把他心里的话说了出来：“是这样，我的货物由缅甸榴梿经贸公司从海外运到海边，不经过码头，用小舢板登陆，以榴梿为掩护送到中缅边境的仓库，就免去了缅甸的税收。然后我在网上开个海淘店，中国人下单后，我直接让中国的快递从边境递去，就又免去了中国的税收，利润就这样产生了。”

旅长听懂了，低头想了想，说：“靠边境一公里，是地方武装的地盘。虽然是非法的，但是已经形成事实，要占用，很麻烦。”

苟国栋从旅长眼里看出了真诚，心想：“他有事情要我帮，所以必然真诚。”便说：“我们只要一千平方米，最大也不超过三千平方米，在边境上，这点地方就是九牛一毛。”

旅长想了想，陷入沉思。

小班一直在一边听着，忍不住对爸爸说：“爸爸，你不是跟连翁叔叔有交情吗？这点事他能不办？”

昂登笑了，对苟国栋说：“连翁就是边境的地方武装司令。”

旅长叹口气：“虽然是朋友，但是只要涉及利益，他准要钱。”

“大概要多少呢？”苟国栋问。

“要多少也不能给。”昂登斩钉截铁，“工作你做，不给一分钱。你给这个连翁说，就说我的事，把我的面子也算上。他再要钱，就等着我派人剿了！”

一听昂登这样说，苟国栋教授心里有了底。他对这些匪帮有所了解，你只要给他钱，他就会步步紧逼，不断加码。而你若用势力撑住他，他也就软了，甚至会与你成朋友。双方都有实力有后台，朋友才能一直做下去。

菜上来了，昂登打开了一瓶中国酒，满屋子立即飘起香来。昂登要亲自倒，却被小班夺过去：“叔叔我来。”说着先给苟国栋倒上，然后倒给苟小句。

每个人的酒杯都倒满后，昂登举起杯：“为我们的中缅友谊，为我们的中缅经济发展，干杯。”

苟国栋端起一杯酒，站起来，环视一周，亲切地说：“鄙人乍到缅甸，承蒙朋友盛情，不胜感激。事情已经谈完，只剩下具体细节，我就让儿子苟小句在这儿负责。其实这也是他的项目，我只是来看看。做父亲的，不放心是正常的。这一看，有这么多朋友，而且是有实力的朋友，我就完全放心了。我明天就回国，剩下的事情，我相信有大家帮忙，小句一定能做好。”

“没问题。”小班说，“有我呢！我明天和小句哥哥一起去边境，让我爸爸陪着，谁要是不帮忙……”她做了个扣扳机的动作，“叭勾——”

苟国栋笑了。

小班又和小句喝起来。大人们还没有喝到量，两个年轻人已经醉眼蒙眬。小班拉着小句的手：“走，咱们去看看月亮。”

两人就起来，走向门外。

苟国栋有点担心，下意识地站起来：“小句……”

班旅长朝苟国栋一摆手：“放心，我的警卫在外面守着呢，他们一出去就受到保护了。”

果然，他俩一出屋，就有两个军人跟上。

两个人站在月光里，仰着头看月亮。苟小句说：“你看，缅甸的月亮和中国的一样。”

小班看着他，却没有用汉语，而是用母语：“一模一样。”

虽然两人说着各自的语言，苟小句听不懂，但是两人还在说，因为喝高了。

说着走着，走到一棵巨大的樟树下。

树根很粗壮，两个人都坐到地上，靠着树。

卫兵悄悄走过去，弯腰看看，发现小班偎在苟小句怀里睡着了，苟小句打起了呼噜。于是把苟小句扶到了房间，同时把小班送回家。

第二天早晨，苟国栋敲开儿子的门：“我一会儿就走，走以前和你谈谈。”

苟小句被创业的激情激荡着，意气风发地说：“工程的事你不用操心，我刚才已经跟云南那边的工程队网上签了意向，报价也合适。”

苟国栋没想到儿子办事雷厉风行、有板有眼，不禁另眼相看。“行啊，我就想给你说这个，用中国施工队，在边境上是最好的。还有，和匪帮打交道，要事事小心。”

“这个我明白，有小班和她爸爸的支持，匪帮就不敢轻举妄动。”

荀国栋说：“你能想到这些，我就放心了。”

更让荀国栋没有想到的是，荀小句到了边境，迅速和地方武装头目连翁成了好朋友。

当然是班旅长牵的线。

班旅长一到边境就陪同荀小句选仓库地址。地址选在一个靠着边境的地方，这个地方有一条大马路，虽然是土路，但是中缅边民都走这里，土路旁边有一大片开阔地，本来是双方边民的贸易地。选这个地方，好处是可以非常迅速地让中国的快递取货分发，也可以让榴梿贸易公司方便地把货物运到。但是这块地方是连翁的发财地，必须先给他说一下，于是旅长就把连翁叫来吃饭。

连翁只带了一个人来，在一棵巨大的榕树下，坐在树荫里和旅长喝茶。

荀小句在榕树外面不远处跨着大步子走，小班在他走过的地方，用树枝画着线。

连翁说：“边境上不安全呀。”

旅长说：“再不安全也不能到咱头上。”

荀小句走完了，小班也画完了，开阔地上出现了一个大大的方框。荀小句说：“仓库就这么大，门开在东边，迎着日出。”

荀小句看见了榕树下两个喝茶的人，心里有了数，就走过去：“这位就是连翁叔叔吧？”

连翁看着他，当然不懂他的话，荀小句刚要叫小班来翻译，连翁朝远处一喊，立即跑来一个擦了一脸木楝粉的老男人。老男人先是和连翁说了两句，然后用汉语对荀小句说：“连翁掌门问好。”

荀小句连忙向连翁问好，然后说：“我一见您就感到亲切，您身上有特殊的气质。”

连翁自然喜欢听这样的奉承，笑了笑，拍拍身边的藤凳。

苟小句坐下，老男人给他放了一杯茶。他抿了一口，说：“好茶，连翁叔叔这儿全是好东西。我看，我可以跟连翁叔叔在这边一起发财。”

连翁控制这一片的局势显然不容易，所以不会放过任何发财的机会。旅长的面子，自然是要给的，建仓库不能要钱，而且要保护好，否则出了问题都是他连翁的。这是他和旅长在电话里已经沟通好的。

他看着苟小句：“咱们能一起发财吗？”

“当然可以。我知道旅长叔叔已经给您说了，您会支持我们的项目，但我想，我们还是要绑在一起赚钱。”

旅长首先表示赞同：“这个好，年轻人想到我前面了。只要你们能一起赚钱，我就省心了。”

连翁微笑着说：“洗耳恭听。”

“我爸爸要在缅甸找一家公司供货，把海外的货供到仓库，然后卖给中国个人或者批发商，反正会避开中国和缅甸的税。这个公司可以是甲，也可以是乙，为什么不能是我们的连翁叔叔呢？”

连翁伸手和苟小句握在一起：“合伙发大财！”

苟小句笑了：“合伙发大财！”

这时候小班来了，采了一束花。苟小句接过花闻了闻，做出很陶醉的样子，然后提议拿着花与旅长和连翁一起照个相。

连翁对苟小句一笑：“他不能和我出现在一张照片里，明白吗？”

苟小句豁然明了。

吃饭就在开阔地一旁榕树边的小棚子里，棚子里陈设破烂，桌子上摆放的却是山珍海味，还有十五年的威士忌。

这天晚上，苟小句就住到了连翁的总部。自然是在老男人的翻译下，详细谈了合作的内容、程序、各自的投入和权益，最后都很满意。

连翁猛然看着苟小句，说：“你想跟小班结婚吗？”

"她倒是蛮真情的。"

"有可能和你结婚没有？"

"应该没有可能。"

"那……"连翁两眼发红，"既然这样，你能不能玉成我的好事，让我和她共度一晚？"

"这个……"苟小句挠头。

"我们合作，我的钱可以不要。"

"这……"苟小句说，"合作下来，你一年最少赚一百万人民币。"

"不要了，只要她一晚。"连翁凑到苟小句面前，"不要你为难，只要你在她的饮料里放一包东西，就像什么事情也没有发生过。"

苟小句又挠头，有些勉强，但还是点点头。

这个很勉强的表态也是表态，代表了苟小句的心思。这个心思很快传到了班旅长那里。

第二天上午，一个边防战士到了苟小句的住处，说是班旅长派他来的，让苟小句和他去一趟部队。

苟小句想都没想，就跟着去了。

这一去，就再也没有回来。

第二十二章

严密的链条理论　汹涌的粉丝效应

早晨六点半，大海航空集团公司董事长朱经纬在集团地下室打乒乓球，打得浑身大汗，然后去冲个澡。七点半在小餐厅吃早餐。

秘书悄然进来，说："梁大夫来了，正在您的午休室给您装颈椎牵引设备。"

"好，我八点准时到。"

秘书点头，刚走到门口，董事长叫住了他："你把余凌云叫来。"

余凌云就在机场，她要去乌瓦镇参加国际跨境电商大会，害怕路上堵车就早来了。正准备吃早饭，秘书便让她来和董事长一起吃。

朱经纬说："听说你的集团公司风生水起。"

余凌云一笑："董事长，这也是您的公司，咱们大海航空占百分之二十的股份。"

朱经纬也笑了："我是看了财务报表，发现咱们凌云集团的投资回报率达到百分之四十七，这是奇迹！我就是想问问，怎么做到的？"

余凌云脸红了："说真的，那些日子帮荀国栋带货时，我没有想到利润的事。真正在您和朋友们的支持下做起来，特别是请了港区税务局副局长做我们公司的党支部书记和财务总监后，我才发现，光明正大地做，反倒超过偷偷摸摸的利润。咱们的利润能如此高，就是国家给了B

保税政策。货从海外进来，只收原价百分之九的税，大大提升了利润空间，加上咱们在海外的集团采购，价格优势就更大了。”说完又补充一句，“不得不强调，咱们的航空港和中欧班列，为货物进出做了物流上的重要保证。用中欧班列，十二天到；用航空港的中欧货运航班，当天就能到。”

“我要听的就是这个。”朱经纬放下筷子说，“给你说个情况你不要笑话。咱们的大海航空集团，去年的业绩仅仅持平，还是你这块，给集团创造了较高的利润回报。”

余凌云咬了一下嘴唇，听着朱经纬的话，心里暖洋洋的。

飞到乌瓦镇，提前一天来的文香在候机厅接到余凌云，余凌云禁不住把董事长朱经纬的话转述给她。

文香想了想，说：“如果我们仅仅是想赚些钱的话，趁机卖个大价钱，给自己解套，我们每人的收入这一辈子都花不完，你说是吧？”

余凌云点点头：“当然。问题是，我们不仅要赚钱，还要做事业。我们要把这个公司当成自己的娃娃，看着它长大，看着它在国际市场上来去自如、举重若轻，成为中国的一个形象、民族的一个形象！”

上车后，余凌云的女秘书拿出文件递给她。秘书是刘怡苑为余凌云选的姑娘，苗条高挑，能干利索，而且会几手搏击。

会务表很清晰，先是本次会议宗旨，接着是会议流程，然后是参会人员名单。余凌云的手抖了一下，文香没有吭气。她知道，余凌云看见苟国栋的名字了。

余凌云猛然把会务单一合，头朝后仰，靠在汽车椅背上。

文香还是没有吭气，这时候，说什么都是多余的。这个会又不能不参加，因为这是我国举行的第一个国际跨境电商大会。经济界的大人物都来了，当然少不了学者。学者里，有苟国栋也不奇怪。

直到进入房间，余凌云才对文香说：“他的发言还在我前面……”

文香立即接上：“我想了，在你前面很好。他有几斤几两，你清清楚楚。他说的，都是虚的；而你说的，都是实的。在大会上的效果，当然是你讲的更有价值。”

“不说了。”余凌云推开洗漱间门，说，“咱们还没有来过这样的南方小镇，去看看景。这一年来，大家都忙得晕头转向，难得有这半天的好时间，咱们去玩玩。”洗了一把脸后，她把毛巾一挂，潇洒地说，“偷得浮生半日闲。”

说是半日闲，其实一点也没有闲着。她们俩先是串街，然后是坐船，那种黑色帆篷的乌篷船。她们一直讨论着明天的发言，直到夜色降临，讨论才告一段落。

第二天的会议，上午是国外学者介绍本国和国际组织关于跨境电商的政策、做法和目前的困境。大会主席号召大家互相支持取经，通过跨境电商，把地球每一个家庭的日子过好。

下午一开始，是中国专家的跨境电商论坛，由苟国栋和三个经济学家就有关跨境电商和家庭需要的链条进行讨论。

“链条说”是苟国栋最近提出来的一个名词，说的是世界各地的商品有如齿轮上的一个个齿，链条就是跨境电商，就是网上下单加上国际物流。只有和打着孔的链条对接好，才能形成滚动之势，产生效应，最后形成互补，链条和齿轮的互补。最后变成一种习惯，习惯久了，形成文化。

讨论一开始很好，很快就地缘政治与跨境电商的关系、地缘政治对商品和人们需求的影响，特别是地缘政治对商品流动性的限制、对商品属性强制加上政治标签后对齿轮转动形成的障碍等，进行了深入交流。

一个小时的探讨很快结束，主持人是欧盟一个满脸皱纹的老先生森纳。他和四个学者一一握手，然后总结说：“中国有个成语，叫纸上谈兵。这场论坛就是纸上谈兵，我认为谈得很好。下面请余凌云女士展示她的战地风采。”

余凌云和文香昨天准备了一个下午，一共做了三个方案，听了经济学家的讨论和森纳先生的介绍，余凌云灵机一动，干脆三个方案各取一部分。

她一上台，对森纳鞠了一个躬，然后说："森纳先生说得对，我是在实战的舞台上，或者说是在战场上的。我们稍有不慎，就会增加跨境电商成本，变盈利为亏本，而我们亏本以后，还不能转嫁到客户头上，只能硬扛着，打掉牙往肚里咽，否则，我们就会失去客户的信赖。只要我们一直在粉丝面前保持诚实守信、光明磊落的形象，粉丝就会越来越多。拥有大量忠诚度高的粉丝，我们就能无往不胜。"

接下来，她讲了自己的经历，讲着讲着，禁不住朝苟国栋那儿看了一眼。没想到苟国栋直直地看着她，脸上没有一丝愧疚。

接着，她又讲了被税务机关叫去查税补税的事，说到那个晚上。

"那真是叫天天不应，叫地地不灵！一千多万元，对一个空姐来说，真是天文数字。如果我就此消沉，也就不会来这里向大家请教了。"她吸了一口气，脸上立即精神了，"我刚才说到粉丝的重要性，其实这个重要性是朋友们发现的。见我被扣，对我的粉丝群很有信心的朋友立即出手，更有大企业的董事长予以援助。他们知道，有人气，就能成事。于是很快，税款还清了，而且，我从此逃脱了为那个满嘴谎言的人带货的陷阱，正大光明地成立了公司。为了不再走弯路，我请了我们港区税务局副局长做公司的党支部书记和财务总监。凌云跨境国际贸易集团公司由于有人气，业务非常顺利地开展起来。我们发现，按照国家法律交税，完全有利润空间。"

说到这里，她从衣兜拿出一管口红。"这是法国丹顶鹤口红，每一管在法国的零售价是十欧元，折合人民币七十多元，你让人带，得给人家好处费吧，不多说，十元，就成了八十元。而我们公司直接从工厂购买，每支才五欧元，折合人民币三十五元，加上物流，每支两元，纳税百分之十三，每支约四块五毛钱，每支下来还不到四十二元。可这样一来，我们照章纳税，货都经过海关检验，质量和信誉都有了保障，就算我们增加二十元的利润，还比在欧洲的零售价低，而直接受惠的是我们的客户。这个账大家一算就明白。”

她收起口红，继续说：“关键一点，新时代支持新事物。跨境电商就是新事物，所以，政府出台了 B 保税政策，我们有幸成为第一拨享受 B 保税政策的公司。就是说，我们进口产品到了保税区，享受百分之九的综合税率，这样一来，那管口红，成本就又少了一元多。”

森纳鼓起了掌，大家跟着鼓起来，很热烈。

余凌云朝大家弯腰表示感谢，然后说：“在保税区，我们发现了一个新的商机，如果在保税区建立仓库，在海外以集团形式采购，价格一定会低下来。比如刚才说的丹顶鹤口红，我们每个月进口一万多支，因为是集团采购，平均下来，每支口红的价格降到了五欧元。我们采购入库后，海关集中查验上税。这些货不同于海淘产品，海淘产品很难保证质量，而我们在保税区的货，是国家检验过的，如果厂家提供的产品有质量问题，国家为我们索赔。这就是学术上说的 B2B2C，集团采购商品，然后分发给客户。更重要的是，我们大量采购商品后放在保税区仓库，可以一接到单就办理出关手续，然后快递给客户。”她看着大家，提高声音说，“这就是我们创造的秒通关！”

森纳先生站了起来，说：“秒通关，这不但解决了中国的问题，而且对解决世界上通关缓慢的问题提供了启发。”

台下的掌声经久不息。苟国栋在台下看着，低下了头，又推了推玳瑁框眼镜。

余凌云继续说：“在保税区建立大仓库，大批进货入关，然后随时向客户分发，这是我们创造的经验。我们下一步准备在世界各大城市的保税区建立大仓库，用大数据分析当地需要的中国产品的数量，比如中国的外婆辣酱、中国的玩具、中国的服装等，我们提前进驻国外的保税区，并做好所有设备与海关的联网，这样就能在世界各大城市实行秒通关。此外，我们马上就要推出自己的服饰和文创产品。线上线下两手抓、两手硬，努力打造属于自己的品牌文化，这才是公司持续发展之道。我们知道今天来了不少有信誉有实力的跨境电商企业家，我们期望与你们合作，把秒通关、便利客户的方法和我们的优质独创商品，推广到世界各地。”

荀国栋低头感慨，突然想到了在缅甸的投资，还有在缅甸消息全无的儿子小句。他对自己的跨境投资行动产生了怀疑。

悔恨，他心里生了深深的悔恨。

下午，他装作无意地去到凌云的签约室。他看见文香在签约桌子后面，与一个个合作者签约、握手照相，余凌云则和对方领导微笑着鼓掌。过程看似枯燥，但荀国栋知道，这是一盘大局，对于搞经济的人来说，不但不枯燥，而且很有味道。

他悄悄地站到一个柱子后面。

大概三十多个合约签订以后，余凌云、文香和外商们集体合影。余凌云站在队伍中间，她和身边的两个人勾起了手臂，队伍里的所有人立即勾起了手臂。这个动作看似很随意，但荀国栋却认为非常重要。这就叫影响力，影响力可以左右许多人的思维，让喜欢跟风的人不动脑筋地跟着走。

记者们频频按下快门，闪光灯照得人眼花缭乱。更重要的是，网络上一下子炸开了锅。

夜幕即将拉开，余凌云的粉丝排着长长的队伍，手里拿着白云形的荧光灯在会场周围走动，粉丝管这种荧光灯叫凌云灯。人越来越多，举着凌云灯的粉丝自发在会场里围出一个圈。

余凌云对大家说：“现在，大家面对面建群，密码是九九九九。加入的把手机举起来。”

几乎一瞬间，所有手机亮着屏幕举在空中。

“好的。”余凌云说，“所有在群里的朋友，将会免费收到一支丹顶鹤口红。”

粉丝们立即欢呼起来。因为人太多，所以场面上出现了拥挤。

余凌云看到安保人员焦虑的神色，立即说："现在请大家散开，听话。"

队伍立即散开了，余凌云微笑了。

苟国栋默默看着这一切，他知道余凌云一定会信守承诺给大家发丹顶鹤口红，而这个承诺所带来的效益，将远远超过本钱。

思来想去，苟国栋决定去余凌云的住处。他知道自己会受到奚落甚至是羞辱，但他认为自己应该向她检讨。更重要的是，他想跟余凌云和好，然后加入她的阵营。

余凌云住在五楼，苟国栋在三楼，刚刚走出电梯，一个保安就问他找谁。苟国栋笑着说："余凌云。"

保安礼貌地说："对不起，余凌云董事长今晚不见客人。"

"麻烦你去通知一下，我是她的老朋友，苟国栋教授。"

保安去了，片刻回来，说："文总说了，没有预约的一律不见。"

"文总……"苟国栋心想，"是文香吧，竟然也成人物了，竟让我预约。我本来还做好受奚落的准备，她们竟连这个机会都不给！"

"明天早晨吧。"苟国栋默默想着，"一大早在餐厅等她们。只要见到她，我就把大教授的姿态放到地上。"

餐厅在一楼，苟国栋次日从五点半就等着，一直等到十点钟餐厅下班，都没见到余凌云。他到会务组去查，服务人员说："余小姐一大早就去机场了。您有事吗？我可以以会务组名义通知她。"

"不用了。"苟国栋微笑着，很得体的样子，"她要我的签名书呢，我给她寄去。"

第二十三章

中西合璧的配方　蓄势待发的庆典

黄河市壮馍中心店的门面并不大，而且开在市区边缘，一些连锁店反倒开在市中心，门面很大。许多人给水旋风提议，说把市中心的店改成中心店，他都笑而不语，因为他不想让别人知道，这个店是他和几个壮馍师傅研究壮馍发展的地方。

上午十点多，平头哥和敢当带了五男五女的年轻外籍大学生到店。平头哥一进来就对门卫说：“饿死了，水总在不？”

门卫说：“他正忙着，一会儿会从操作间出来。”

一说操作间，平头哥知道又要出新产品了，就让大家坐着。

水旋风和三个壮馍师傅端着四盘壮馍出来了，全都冒着热气，香味复杂，顿时飘进每一个人的鼻子。大家更饿了。

水旋风说：“对不起，让大家不吃早饭来这里，是想让大家尝尝我们用中西方菜品结合制作出来的新壮馍，专为西方市场设计。请大家品尝后给每一种打分。”

平头哥看着人学生们吃得很香，把手指头捏得咔吧吧响，看了水旋风一眼。

水旋风说：“你也尝呀。”

“我？我一个中国人。”

“我们在西餐味道里加了中国菜元素，比如沙拉酱里面加了辣椒。虽然很少，但是味道大变，肯定中国人也喜欢。”

“是哪个？”

“这个，一号。”

每个壮馍都被切成几份，平头哥拿起一号的一角，大咬一口，慢慢咀嚼品咂，咽下去，然后看着壮馍，若有所思的样子。

敢当也拿起一号壮馍的一角，吃了一口，大呼：“太好吃了！”

平头哥看着他说：“真心话？”

“当然。”敢当又咬了一口，边嚼边说，“年轻人一定喜欢。”他咽下去，对平头哥说，“你老了，尝不来年轻人的味儿！”

平头哥瞪了他一眼，又拿起四号盘子里的一角，吃了一口。“好！”嚼嚼，“太好了！这个好吃！”

水旋风走过来说：“说说好在哪儿。”

“不知道，反正好吃。”

水旋风说：“我也喜欢这一种。这是在沙拉酱里加上孜然，再在青菜里加上青椒丝，所以味道比目前的壮馍会更受中国年轻人欢迎。”

很快，外籍大学生的评分出来了。说来有意思，竟然和平头哥品尝的结果一样，大部分喜欢四号。

水旋风向每一个外籍大学生发了一百张免费壮馍券，然后说：“请大家给四号壮馍取一个名字。”

“这太好取了。”平头哥咽下馍，“就叫青椒孜然沙拉馍。”

水旋风拍拍他的肩膀说：“你好好吃吧，别动这脑筋。”

果然，大学生们取的名字更好一些，叫：中西风情。

一个戴着厨师帽的年轻人把这段视频发到网上，就在这十几分钟里，已经来了六百多个订单，点名要这款。

水旋风这时接到父亲水烟袋的电话，要他回去商量一下古荥蚌泽夜钓一周年大庆的事。他给父亲带了两个“中西风情”，用保温盒装好。

水烟袋不在家，在古荥蚌泽指导安姑娘钓蚌。

水旋风到了，水烟袋立即站起来，拍拍手上的土。“古荥蚌泽的蚌，真是越来越好钓了。”

安姑娘放下钓竿，也站起来看着他们，微笑着说：“水董事长好。”

水烟袋拿出烟袋，装上烟，水旋风立即给父亲点烟。

水烟袋抽了一锅，噗地吹了烟灰，说：“我给余凌云打了电话，想叫她一起来商量古荥蚌泽夜钓一周年庆的事儿，她在妹妹凌霄那儿。”

水旋风点点头，说：“这个我知道，在英国。”

“她叫文香代她来。”

“噢……”水旋风吸了一口气，“那好吧。”

其实水旋风一直没有和文香断联系，他知道目前正是凌云集团上市的准备期，文香很忙。他叫文香仔细搜索一遍，有什么对上市不利的事情，一定要提前排除。所以文香来，也正好说说。

围坐到“驴那个”酒店的饭桌周围，没等大家开口，水烟袋向大家说了他的庆祝打算。水旋风一听，有板有眼，什么都安排得停停当当，就笑了，说：“爸安排得这么好，还商量什么呢？”

“你的活儿是哪一块，知道不？”

“知道，宣传，做好自媒体。”

“文香知道不？”

“知道，让余老师父女跳一支舞。”

“不是跳一支，是编一支。”

“明白。我想了，名字叫鹤蚌舞。”

“好。还有安姑娘，你的任务是什么？”

“我做主持人。我怕担当不起，把整个庆祝会搞砸了。”

“从下午开始你就练习，还有半个月呢，怕啥？”

第二十四章

交相辉映的盛况　丑态百出的夫妻

水旋风看着文香发来的视频，发现余凌云自从那次事件之后，更多了几分成熟女人的气质。过去她爱脸红，等于先告诉别人她的情绪波澜，经过这两年的历练，多大的事情到她跟前，她都能够泰然处之。这种沉静增加了她的魅力，更增加了她的亲和力。同事、朋友、业务伙伴，都和她相处得很好，公司的利润也不断爬升。

他很想见余凌云一面。

于是他等待着父亲的这次古荥蚌泽夜钓一周年庆典。他真是佩服父亲，他让文香落实余家父女编舞和跳舞的事，这就省去了水旋风联络上的麻烦，而鹤蚌舞的编舞，水旋风和父亲都看过，简直棒极了。水烟袋当着水旋风的面对余如梦说："这次活动，我儿子你女儿都参加，他俩闹的那点小矛盾，正好趁着这时候解开，不是很好吗？"

余如梦连连点头，说："是。我在凌云跟前有意提起水旋风，说旋风对我多孝顺，她就是不接我的话。"

"这次不劳咱俩费劲，让他俩直接见面沟通，把庆祝盛典办好。"

但是，他们的设计被凌云集团的上市打乱了。凌云一回国，上市咨询公司就让她去对接，一去就是一周，剩下一周本来可以回家排练，纳斯达克证券交易所代理处又叫她去了。这一去不要紧，几个大股东也被叫去，其中包括大海航空集团公司的代表。

五月十六日是庆典的日子，余凌云和股东们还在北京忙碌。余凌云两次打电话给水烟袋，请他谅解，并说她一定会给水伯一个惊喜。

水烟袋却笑说：“凌云呀，你水伯啥都不缺，就缺一个儿媳妇。”

余凌云脸红了，这次是真的红了。

庆典如期举行，就在古荥蚌泽镇的古荥蚌泽广场，整个白天，水旋风都在灯光布景的设置现场。他知道父亲对这事的重视不单单是因为又一个生意成功，更重要的是想让省市旅游部门知道，他的古荥蚌泽是真正有影响的，而且名声是不断制造影响之后越来越大的。所以父亲特别重视余凌云，他知道余凌云的到来就是最大的成功，也是最大的广告。但是父亲忽视了余凌霄，凌霄的到来，会带来很多海外目光。凌霄现在在欧洲已经算是小有名气的人物，中国的许多年轻人，也开始追捧她了。

住在世纪星大厦的游客大都是旅游公司带来的。旅游公司把这个晚会作为一个旅游项目，所以，天还没黑，古荥蚌泽广场就已经熙熙攘攘。

身体痊愈后的余如梦不仅兴致勃勃地出席庆典、表演节目，他和柳依依还特别邀请了岳父岳母。岳父兴致很高，一落座就和余如梦聊了起来。说到凌云时，岳父对余如梦说：“凌云这孩子真是能成大事！当时她做期货问我借十万元，我怎么忍心看她犯难，当然要支持，可压根没打谱要她还。可前些天，这孩子悄没声地就给我卡上打了一百万元。”说话间，岳父把卡递向余如梦：“你把这给凌云，她正是创业要用钱的时候，这钱我用不着。”

余如梦把岳父的手放进衣服口袋，让他把卡装好，说等凌云回来看他时，他们爷俩自己处理。

庆典很快开始了，首先是开场舞蹈，由市歌舞团的年轻演员出演，红红火火非常热闹。然后是一首由省歌舞团最具影响力的男民歌演员演唱的民谣《钓蚌去》。

演员一上台，就是一身当地老百姓的打扮，手里提着一根钓竿，踏着音乐一晃一晃地上台。到了台中央，晃着唱：“钓呀钓呀钓蚌去，提着竿竿钓蚌去。踩着阳光踩着美，谁个跟我去？”

后台响起一声女子的高音：“我个跟你去。”

男演员笑了，站到台中央，一放竿子，一挑，做钓到状，又唱：“说钓到就钓到，蚌在钩上咬又跳，看我把你取（娶）下来，不知谁个要？”

台后又是一声女高音：“我个跟你要。”

男演员做取蚌状，突然又做被蚌夹住状，急唱：“渣滓渣滓蚌渣滓，你把我的手夹住，又夹又咬甩不掉，谁个帮我去？”

后台又是一声女高音：“我个帮你去！”

于是，男演员伸着被夹住的手，晃着跳着到后台。

广场上一片掌声，更有游客高声叫好。

接着是相声和小品，更有省京剧院大腕演员演唱的京剧片段。但是真正的高潮部分，是余如梦父女的舞蹈：《鹤蚌舞》。这个节目本来是安排余凌云和父亲余如梦一起跳的，但是余凌云正在北京忙着公司上市的事情，不能亲临现场，所以改由妹妹余凌霄与父亲一起跳。

整个广场突然一片黑暗，黑暗中响起沉闷的雷声，间有耀眼的闪电。余凌霄扮演的仙鹤被闪电击中，欲飞不能，欲站不稳，跌跌撞撞倒在古荥蚌泽的青色滩涂上。

一群蚌游来了，欢乐异常，载歌载舞，因要将仙鹤分而食之乐而陶陶。

仙鹤在众蚌的包围舞蹈中可怜地挣扎，鸣叫求救，声音凄美。

余如梦扮演的小蚌爱怜地走向仙鹤，欲扶仙鹤起来。

仙鹤却以为小蚌要吃它，挣扎着躲避。其他蚌在一边不断对小蚌做出啃咬的动作，鼓励小蚌对仙鹤下口。

仙鹤一个踉跄，小蚌上前将其扶住，然后为她包扎伤口，又轻拍安抚她的长翅，并对她唱道：“你本是天上的长腿女仙，却千里迢迢来到人间。你展翅高飞让霓虹做伴，你迎风而立与松竹延年。”

众蚌被小蚌的歌声感动，生了爱怜之心。于是与小蚌一起，轮番给仙鹤喂水，搀扶仙鹤行走，陪伴仙鹤跳舞。

群舞中升起一轮红日，轻风吹拂，柳枝依依，柔美的音乐中带有小鸟的鸣叫，小蚌与仙鹤来到朝霞里，众蚌围着他们。小蚌鼓励仙鹤高飞，仙鹤不忍离去，小蚌做生气状，做恨铁不成钢状。仙鹤这才挺起长脖，展开翅膀，清脆地长鸣一声，飞上天去，却又返回，在空中反复徘徊，引来一群仙鹤，做空中群鹤舞。众蚌陶醉地看着，带着依依不舍的情绪，做柔情似水舞。

突然，仙鹤群中受伤的仙鹤从空中飞下来，一只翅膀伸向小蚌。小蚌立即伸手相接，众蚌把小蚌举向空中，让他们长久相依。升起的红日，正是他们的背景。

幕落。

文香就在现场，把这一幕直播给了余凌云。

这时的余凌云正在北京的天坛公园广场，在华丽的广场灯光下，看着手机上的视频。秘书在一边等待着，身边放着一个小小的音箱……

《鹤蚌舞》结束后，是一个小品。小品结束，舞台上升起一张白色大幕，安姑娘拿着话筒再次出现在舞台上。晚会开始时，安姑娘还有些紧张，这么多节目过去后，她慢慢变得从容自若。她笑着用黄河市的方言说："我们有一位重要嘉宾不能来到现场，她是我们黄河市最知名的网红，更是我们古荥蚌泽的朋友、我们水家的至亲，和我们的水旋风可以说是青梅竹马。由于公务在身，她不能到现场，但在北京的夜色里她来到天坛公园广场，要在广场的美景里，为我们的庆典送上祝福。请看大幕。"

于是，白色幕布上出现了水波滔滔的古荥蚌泽，出现了柳枝依依的堤岸，出现了盛放的鲜花和茵茵的绿草。

优美的音乐响起，画面上出现了站立在天坛公园广场的余凌云。她穿着红色衣裙，在天坛公园广场的小风中裙裾飘飘。她落落大方地微笑着，用甜美的声音说："水伯、安姑娘，余凌云不能参加今晚的盛典，非常遗憾，所以在这里给水伯、安姑娘和现场亲爱的来宾们，跳一支《古荥蚌泽仙子舞》。"

话音一落，庆典舞台的大幕上，天坛公园广场的实景后叠上了水波缥缈、景色如画的古荥蚌泽的背景。

虽然在水泥地上，虽然余凌云穿着简约，但她从小的舞蹈功底，使她的舞蹈美妙难得。观众们之间屏幕之上，七彩云中，一个仙女飘然来去，长袖带着云彩飞舞。

在接到参加庆典的任务后，余凌云做了两个方案，一个是能参加现场庆典的，一个是在外地联网的。正在她琢磨让谁作曲，王啸台给她的秘书打来了电话。

秘书捂住手机通话口，小声地说："是王啸台。"

余凌云眼睛一亮，接过电话："你怎么不直接给我打电话？"

"嘿嘿。"王啸台声音里有点腼腆，"你现在是大人物了，不敢造次。"

"你拉倒吧！"余凌云笑了，于是说了庆典上跳舞和编曲的事。

"没问题，我明天一早就把编好的小样给你。不管你用哪个方案，你在哪儿演出，我都会现场给你伴唱。"

下午，王啸台如约赶到北京，在余凌云和股票交易所办事处交流的间隙，给余凌云放了录在手机上的曲子，分霸王啸版和歌唱版。余凌云看了看王啸台说："是啸歌？"

"那当然！"王啸台说，"我自己写了词，你看怎样？"

余凌云拿过他的手机，

歌词如下：

蜂飞蝶舞哪耶
春潋滟，
碧波荡漾哪耶

古荣蚌泽湾，
蜂飞蝶舞哪耶
迎天仙，
碧波荡漾哪耶
是呼唤，
唤声一串串。
仙女驻足仔细看，
古荣蚌泽湾，
美无边，
天下难有的，好家园。
秀眼望到林深处，
好儿男，
在耕田，
红云飞上仙女脸，
仙女羞羞羞耶翩翩然，
踩着碧波耶
下了凡，
到了古荣蚌泽湾，
见了好儿男，
男耕女织一年年。

余凌云看完，禁不住微笑着看看王啸台："好！真好！没想到你内心还挺丰富的。谢谢！"

"不用谢！"说完，王啸台低下头，声音小了，"感谢你给了我这个机会，我要对你说一声对不起。飞机上……还有，硬叫你在集团20周年庆典上伴舞……那时候我太浅薄。"

余凌云看着王啸台说："你上回给我们唱的那首水晶脚链的歌，已让我很感激。今后，我们有话好好说。”

晚上在天坛公园广场的歌伴舞，顺风顺水。天坛公园广场上很快围了许多观众，曲终时，余凌云一个深情款款、情深意长的甩袖，定格。天坛公园广场上响起热烈的掌声，古荥蚌泽广场上的掌声更是雷鸣般滚动。

看见余凌云那么认真地准备，跳得那么好，水旋风彻底被感动了。

晚会当然同时在网上直播。现场有五百多名观众，网上观众的人数更可观。

网上的观众中，就有苟国栋和他的夫人。

苟国栋事先得知了余凌云到北京与纳斯达克股票交易所北京办事处对接的消息，就和夫人赶到北京，并且在离办事处最近的酒店住下了。为了方便，准备在纳斯达克股票交易所上市的公司在进行上市前的交流准备时，一般都住在这里。苟夫人想尽办法，在酒店里忙乎了两天，确认余凌云也住在这里后，她又设法弄到了余凌云的房间号码。可等她去敲门时，却没有人应答。一问楼层服务员，说房客六点钟就出去了。

苟夫人将情况告诉苟国栋后，苟国栋无奈地叹了一口气："没别的办法了，守株待兔吧。"

就是在酒店守株待兔的时间里，苟国栋夫妇在网上看到了余凌云在天坛公园广场翩翩起舞的直播。

苟国栋心里感慨万千，不禁闭上了眼睛。

苟夫人低下头，看着他说："下面看我的。我到楼下等着她，我动之以情，晓之以理，一定把她说得跟我到这儿来。"

"好，你就在楼下等着吧，把握好分寸。"苟国栋道。

苟夫人下楼后，就在大厅一边的沙发上坐着，手里拿着一个文件夹子，眼睛一直瞅着门口。

不到半小时，余凌云和秘书回来了，身边还跟了公司的几个工作人员，他们说笑着向电梯间走去。苟夫人不失时机地跑上前，叫道：

“凌云——”

余凌云怎么也没有想到，会在这个时间这个地点遇见苟夫人，下意识地应了一声。

就这一声应，给了苟夫人自信和勇气。她几步跑到余凌云面前。“凌云，我是专门来看你的。”

余凌云已经后悔了，但不打笑脸客是父亲教给她的做人道理，所以她没有继续回应她，却也没赶她走。

苟夫人见余凌云不说话，却又脸色正常，就说：“到你房间说吧，有个大事情。”

余凌云脸上很冷：“我要在房间开会，不方便。”

余凌云秘书一听这话，立即把苟夫人隔开，说：“走吧，董事长有事。”

这时候电梯来了，余凌云一脚跨进去，苟夫人却也跟了进来。留着男生大分头的女秘书眼疾手快，将她隔在一边。苟夫人个子小，一歪头竟从秘书胳膊下钻到余凌云面前，说：“你看这个……”她边说边打开文件夹，“这是我在香港的别墅房契，我今天专门拿来，就是想表明诚意，请你跟我到香港去，人对人过户给你。”

余凌云秘书的手机响了，来电显示是余凌霄。“我姐电话怎么没人接？”

秘书说：“噢，刚才直播，设置成静音了。”

“有事没？”

“一个女人，好像是那个什么夫人，要给董事长一套香港别墅。”说着递手机给余凌云。

凌云接过，说：“是有这么一回事。她现在就在我面前。”

电梯到了，苟夫人自然跟随大家进入余凌云房间。

余凌霄通过电话对事情有了大概了解，便对姐姐说：“要，为什么不要？你为那个王八蛋损失那么多，要过来理所应当。”

凌云对妹妹说：“他们才不会白送。”

荀夫人抢说：“当然是白送！你一分钱都不用出，只要在你的贸易集团里，给我们百分之十的股份就行。”

秘书若有所悟地问：“你就是荀国栋的夫人？”

荀夫人一挺胸脯说：“正是。”

秘书正色道：“你和荀国栋，是我们集团的黑色记忆，请不要打扰我们董事长。”

余凌云非常厌恶地将手往外一摆。

秘书明白了，果断摆出“送客”的架势：“走吧。”

“你也太不礼貌了吧！”荀夫人失望地大喊着，却被秘书推出了门。

就在这个时候，荀国栋突然出现在门外，他笑着对余凌云秘书说：“你开一下门，我要对余董事长说几句话。”

秘书一转眼，没好气地问：“你是荀国栋？”

“正是。”荀国栋觍着脸说，“我今天是来道歉的。你看我一把年纪了，真诚地来道歉，你不成全吗？”

因在门外，秘书暂时无法请示余凌云，犹豫了一下，就朝荀夫人翘了一下下巴，说：“先让她走开。”

荀国栋朝夫人使了个眼色，夫人很不情愿地走开了。

待荀夫人真的离开，余凌云秘书这才开了门。

荀国栋生怕秘书反悔不让进，等她一开门就紧赶几步来到余凌云面前。只见他深深地弯下腰，涕泪俱下地说道：“凌云，我对不起你！”

余凌云转过身，一见是荀国栋便像要甩尾巴似的赶紧往里间走去。

荀国栋想跟着冲到里间，却被秘书一伸手拦住了：“站住，里面是卧室！”

荀国栋见状突然捂住脸，身子一晃，扑通一声倒在地上，看样子是晕倒了，却在跌倒的瞬间用两只手撑住身子，声音凄凉地喊道：“凌云，我趴在地上求你原谅我！”

“你不用求我原谅。”余凌云说，“你走吧，我们井水不犯河水。”

苟国栋把头磕在地上，好在是地毯：“这次我为了弥补，把房契带来了，给你。”

秘书很不屑地质问：“不是要百分之十股份吗？”

苟国栋抬起头来说：“我算过了，咱们公司目前价值三亿，我以五个亿给价，把房子给你，算是表示道歉。”

余凌云说：“就是白给，我也不要。”

苟国栋不起来，顺势爬到余凌云面前：“凌云，希望你能原谅我，我是真心想和你做朋友的。”

“我一辈子不想再见你。”余凌云转过身去。

苟国栋往前爬行了一点点，说：“我实在走投无路了。我儿子在缅甸开了个仓库，光知道要钱，却不见盖成房子，不知道是不是被当地黑势力挟持了。我想去解救，却找不到原来的联系人，我的那个学生也毕业回国了，根本联系不上。如果真发生意外，我就一无所有了。只有这套房子，我拿这套房子和你合作，是百分之百的诚意，期望你能原谅我这个小人，给我一次机会。”

他流着泪，眼巴巴地看着余凌云。

这时，一个跟着余凌云进屋的胖胖的女员工说话了：“余董事长，刚才这个什么教授说的做的，我都录下来了。是不是发到网上？”

余凌云还没有表态，苟国栋却说话了：“发吧发吧，表明我的态度，我不怕人家说我在你面前低三下四，我在谁面前也没有低三下四过，在你面前低三下四，不丢人。”

余凌云却说：“不发，留着就是。让他走吧，我头疼。”

苟国栋：“我去给你买药，头疼粉，最管用。”

余凌云的秘书用力抓住苟国栋的胳膊，准备把他提起来：“你走吧，不要影响董事长休息。”

苟国栋却像只癞皮狗似的，身子直往下拖坠。女秘书毕竟练过搏击，另一只手过来，眨眼间就把苟国栋弄了出去，然后砰地关了门。

苟国栋一到走廊，环顾四周，见没有别人，立即像换了一个人似的。他迅速直了直身子，理了下头发，又推了推玳瑁框的眼镜，人五人六地朝电梯间走去。

第二十五章

别具一格的路演　千锤百炼的情缘

一大早，余凌云就和文香、刘怡苑来到位于纽约曼哈顿中心区的特朗普大厦，拜会博大基金公司高层，进入在纳斯达克上市的路演过程。

约好是十点钟与基金公司总裁见面，讲解凌云国际贸易集团的成长、现状和发展前景，希望他们能够多认购一些股票，最好一下子认购百分之二十。因为这是路演的第一站，所以她们期望旗开得胜。

她们到早了，早了一个小时，余凌云就在早晨的阳光里仰头看着这栋七十层高的大厦，感叹道："特朗普当年才花八百万美元就买下了这幢大厦。"

文香笑说："这家伙有商业头脑，也爱吹牛。一九九五年买下这幢大厦，在电视采访中，他夸张地说他只花了一百万美元就买下了这幢价值六亿的大厦。"

"他这是在做广告呢。"

刘怡苑和文香核对文件上的数字，这个数字她们已经核对过几遍了，还是不放心。余凌云拍拍文香的肩膀说："不用再对了，放松些。"

刘怡苑笑说："重要的是你要放松。你讲解，我们提供数字和背景文件，所以一点都不能错。这跟高考一样，临阵磨枪，不快也光。"

九点半，她们请的美国投资顾问来了，领着她们到达指定楼层。

顾问对她们说："特朗普大厦原本是华尔街四十号大厦，许多金融机构在这里办公，博大基金就在这里。整整一层楼都是他们的公司办公地。"

她们坐在等待间的长椅上时，又有两个公司的代表来了。投资顾问说也是来路演的公司，一个是印度的，一个是法国的。

余凌云发现，人家来的是一水的男性，一个个踌躇满志，也不与她们打招呼。等待间的椅子很快坐满，还有两个年龄大些的竟没了位子。

余凌云站了起来，走到靠里的窗户那儿。虽然眼睛看着窗外，心里却琢磨着一会儿的演讲。

她知道这次路演比任何一次都重要，因为投资顾问表示，这家公司是美国最大的基金公司。只要他们有兴趣，就可以作为这次股票发行的主承销商，以后的宣传、巡回路演，就由他们公司掌握运行，所以非常重要。

余凌云必须集中注意力，于是运用了父亲教她的静心方法，一条腿向上竖起，两条腿形成一线，一只手上伸，一只手垂下，顿时平静了呼吸。于是在心里默念准备好的演讲稿：

> 女士们先生们，其实我本不是一个做国际贸易的人，我学的专业也不是国际贸易，但生活和命运，把我推到这条路上……

余凌云就这样静立默念着，却被一个刚刚来的中年男人看到了。

他是在出电梯的时候，注意到了余凌云别样站姿的。一个东方女子一动不动，神态舒展，云淡风轻，似乎成了一尊雕塑。他禁不住朝余凌云走去，站在她身边，双臂交叉于胸前。

余凌云在心里继续着她的演讲。

电梯门开了，又来了几个年轻人，都是西装革履，一见这个中年男人站在这儿，就都围了过来。大家不说话，看着余凌云，有年轻人拿起手机拍照。

文香和刘怡苑担心在这个关键时刻出什么意外，要过去对余凌云说，顾问微笑着对她们做了一个不要说话的手势，她们更加丈二和尚摸不着头脑。

中年男人微微一笑，用英语问：“尊敬的女士，请问你是如何练就这样的功夫的？”

投资顾问立即翻译给余凌云，凌云依然这样站着，只把脚尖一转，对着中年男人。她的声音水一般纯净，不卑不亢地说：“从小跟我父亲学的。”

中年男人温和地问：“你父亲是教练吗？”

“不，是舞蹈家。”

“你父亲能这样一动不动站多长时间？”

“一小时。”

“你呢？”

“一个半小时。”

“好练吗？”

“不好练。首先要把每一节骨头拉开，让每一个关节都能听使唤。在练习松开关节期间，浑身都疼，晚上睡觉不敢翻身，一翻身就疼醒。”

“可以终止嘛。”

“不行。我父亲教导我，中国的孟子说过，天将降大任于斯人也，必先苦其心志，劳其筋骨，饿其体肤，空乏其身，行拂乱其所为，所以动心忍性，曾益其所不能。”

投资顾问一下子翻译不过来，好不容易才译了过去。

中年男人笑了，看了一下几个跟过来的年轻人，又问：“你做国际贸易，受到过类似的苦没有？”

余凌云愣了一下，闭住了眼。

文香在一旁插话：“你说到她的痛处了。她在做贸易上受的苦在心里，是精神疾苦，远远超过身体疾苦，差一点让她承受牢狱之灾，差一点使她崩溃。”

投资顾问翻译给中年男人，中年男人点点头，问：“是什么力量让你又挺起腰杆站立起来？”

听了投资顾问的翻译后，余凌云叹一口气，说：“是一口气。”

“一口气？”

“每到冬天，我们家乡黄河市就会迎来一批尊贵的仙子，那就是从西伯利亚飞来的大天鹅。它们飞来的时候拖家带口，飞到一万米高空，遭受零下六十多摄氏度的严寒，还有稀薄的氧气。在这种极端天气下，它们还保持每小时六十公里的飞行速度，大部分连续飞行十多个小时，最终到达我们黄河市的水域过冬。能够经受如此残酷条件的原因，就是它们对黄河市美好水域的向往，对在黄河市的美好生活的期望。”

中年男人笑说：“我看过舞蹈《天鹅湖》，你就像是天鹅。”

余凌云礼貌一笑，说：“谢谢。”

投资顾问立即到余凌云身边，悄声说：“余董事长，这位是美国博大基金公司的总裁詹姆斯先生。”

余凌云立即放下腿，满脸微笑地朝詹姆斯欠身，说：“对不起，失礼了。”

詹姆斯立即朝余凌云伸出手，握住，温和地说：“本来在我们的预案中，你们公司排在今天约见的最后一个，投资额度也最少，但我现在知道了你的心劲和理想。”

其实在詹姆斯身边的几个年轻人，都是投资委员会成员。当余凌云她们正式进入路演后，他们根本没有问数据，因为他们手里已经备有，这让文香和刘怡苑虽有点失望，但更高兴。

最后，他们决定购买百分之三十的股份，成为凌云国际贸易公司的主承销商，并且建议提高股价。

余凌云向他们表示感谢，然后说了心里话：“我不想提得太高的原因，是想让更多的普通百姓能够买得起我们的股份，和我们一起赚钱。我的成功就是靠粉丝们托起来的，我要回报他们。我事先已经披露了心理价格，大家也有心理预期，我不能让粉丝失望，更不能损害我在他们心里的形象。”

詹姆斯用英语说：“为粉丝着想，这是我第一次听到，这是网络经济出现的新理念。”

“不仅如此，在未来的日子里，我们会继续开拓创新，力争在相关实业领域迈出新的步伐，进行新的尝试，肩负起应有的责任，不辜负广大粉丝长期以来对我们的支持与期待，也为社会和这个时代贡献我们的力量。”余凌云继续说道。

詹姆斯听罢，先是热烈鼓掌，对余凌云竖起了大拇指，然后走向她，一边握手一边微笑着说：“现在，我也是你的粉丝了。”

之后两天，在博大基金的主持下，余凌云又去了两个基金投资公司，一家认购了百分之二十，另一家认购了百分之十。不能再认购了，要给股民留四成的份额。

但是在纳斯达克上市，面对的是全球股民，所以不单要对国内的粉丝讲清楚股票的实力，更要对大家说清楚企业的基本构成、业务主打、专业人员情况、目前盈亏情况、发展情况和未来预期。

于是，他们在博大基金的主持下，在美国纽约、洛杉矶、旧金山、西雅图等城市做了路演。最后，他们主要针对中国股民，也就是余凌云的中国粉丝，将路演定在纽约当地时间十月八号早晨八点，也就是北京时间二十一点。

路演在中央公园一个开阔的草地上举行，对面就是弓桥。早晨的秋阳照在桥上，把桥的影子垂了下去，和桥面形成了一个椭圆形的明暗造型，在桥畔红叶的衬托下，桥梁如弓，如人们所说，是丘比特射出爱情箭的弓的浪漫形状。

路演由博大基金的丹尼尔主持。丹尼尔用流利的汉语介绍了凌云公司的概况，特别介绍了从空姐成长为公司董事长的余凌云，然后请余凌云与大家见面。

这时候，镜头上出现了围成圆形的路演会场人群和广告牌。

巨大的屏幕上，水一样流动着关注者的留言。丹尼尔一条条念给大家，大家更加期待余凌云了。

镜头从圆形人群切到了弓桥上，却见在桥一侧的景观树上挂着一轮红日，在红日下面的桥头，走出一个挎着花篮的翩翩女子。小风吹拂，女子衣襟飘起，长袖飞扬，头发如丝般悠悠飘飞。立即有一个小伙子把摄像机推向她，她不是别人，正是余凌云。只见她笑着摘掉头上的包头手帕，捧起一捧花，对着镜头说："中国的朋友们你们好，我是余凌云。我在纽约做上市路演，衷心感谢朋友们长久以来对我的支持，我献给大家一捧花。"

丹尼尔过去，牵着余凌云的手，从弓桥来到人群中间。在大家的欢呼声中，丹尼尔让余凌云介绍公司主要股东和主要工作人员。

余凌云从篮子里拿出一朵花："这第一朵花，应该戴在文香的胸前。"

余凌云在人群中搜寻着，文香却从她的背后跳出来："嗨！"

余凌云又惊又喜，说："文香是我最得力的帮手，是我们凌云公司的总裁。日常事务都是她在主持，她是第一功臣，第一朵花戴在她的胸前，理所当然！"说着，把花戴在文香胸前。

文香向余凌云鞠躬，又向镜头鞠躬，然后说："在我眼里，中国最美的女人就是余凌云，中国最讲情义的人就是余凌云，中国最能承受压力的人就是余凌云，中国最能绝地反击的人就是余凌云，中国最能坚守经济规则的人就是余凌云。所以，我代理了一个朋友的投资，在一开始就义无反顾地进入余凌云的公司。我坚信这个公司能成功、能起飞！今天，我向大家高兴地宣告，这个目标实现了，我们中国的投资者、凌云的粉丝再加进来，我们的目标就更高更远更大了！我，文香，文化的香客，也是替余凌云驱蚊灭害的蚊香！我向大家致敬！”说着，深深地鞠了一躬。

余凌云拿起第二朵花：“第二朵，是刘怡苑的。”

刘怡苑被余凌霄推到了场子里。余凌云把花戴在她的胸前，对着镜头说：“我们的刘怡苑，原来是航空港区税务局的副局长，为了我们公司的发展壮大，开始是两面兼着，后来毅然辞掉公职，做我们的党支部书记和财务总监。就是在她的引导下，我们进入了空港保税区，成为B保税企业，不但保证了我们做的事情合理合法，而且为我们企业在纳税等方面创造了不少便利。我们交足了国家的综合税，还要比过去省了将近一半。她是我们公司不可或缺的功臣。”

刘怡苑落泪了，抬起手，擦了一下滑落的眼泪：“我是在查凌云的纳税情况时认识她的。我发现这个人身上有中国人最良好的素质和修养，所以，在她刚一成立公司，前景还不明朗的时候，我就义无反顾地加入了她的团队。跟着这样的人干，我心甘情愿。”

在刘怡苑又一次鞠躬时，余凌云把第三朵花拿在手里。刘怡苑腰还没直起来，余凌霄就跳到姐姐面前，胸脯挺得高高的。

余凌云笑说：“我这辈子最欣赏的人，是我妹妹余凌霄。她在欧洲一出马，立即拿下了众多企业的商品，为我们公司节约了大量成本。现在她在欧洲算是小有名气的广告明星，由于她的参与，我们在欧洲也有了影响。我们在欧洲各国的保税仓库，都是她亲自出面一家家谈下来的，为我们在欧洲实现秒通关打下了坚实的基础。所以，不是因为她是我妹妹或者我欣赏她，而是因为她的贡献，我要把这第三朵花戴到她的胸前。”

余凌霄认真地向姐姐鞠了个躬，然后向大家说：“虽然我在欧洲代理广告有不少收入，但我更珍惜姐姐他们给我的这些股份。这是一个企业对自己合作伙伴的认可。她是我姐，更是我的老板、我的合伙人。谢谢姐姐，谢谢合伙人！”

这时候德国足球啤酒的老板奥利弗出现在大屏幕上，他请了一个翻译给他同声传译。“凌霄好！我们公司员工都很想你。你们公司的股票，我们打算集体认购。我相信你在欧洲的粉丝也会踊跃支持你们。”

一个个重要员工介绍完毕，丹尼尔又按照路演规矩，做了各项介绍，然后，让余凌云拿起一把弓，搭上箭。丹尼尔站在她身边说：“现在，代表着凌云公司股票的爱之箭就要射出，看看哪位幸运儿能够中箭！”

这时候太阳到了东南方向，阳光温和有彩，余凌云在阳光下射出了那支带着彩色的箭。箭飞出一个弧形，落到了水里。

中国人都知道，水是生财的，湖面碧波荡漾，预示财富生生不息。

人群中突然响起欢快而富有激情的啸声，当然，是王啸台的啸声。

得知余凌云要率队在美国上市后，他和余凌云约好了这个日子。他于昨天到达纽约，来参加今天的路演，说好由他自己决定何时发声。

王啸台的啸声开始是和缓的，继而上扬，如孤鹜穿云，又瞬间下行，变成一支利箭，反射着金色的阳光，欢快地射了过来。最后是啸的高潮，如波涛相会，水流漩回，水花与浪花碰撞出欢乐的合唱。

谁也没想到没有歌词的啸声，能将人心勾起来，带动着人的情绪上下翻飞。于是，掌声雷动。

丹尼尔在掌声中摆摆手，掌声落下来，他便作了总结：“几个星期以来，我们博大基金与凌云国际贸易集团合作进行上市路演，到今天圆满收官。从目前的股票认购意向看，已远远超过我们预期。所以，我将报告纳斯达克，一切顺利，按时挂牌上市！”

余凌云笑了，大家鼓掌。

余凌霄欢呼起来，举起手比画一个 V 字。所有人都举起手，一片 V 字摇晃在秋天的阳光里。

中午是庆祝宴会，余凌云和余凌霄坐在一辆大商务车上，丹尼尔的车在她们前面。路上，丹尼尔的车突然停在一片茂密的松树林旁边。丹尼尔从车上下来，脸色不好。

余凌云立即下来询问:“有事?”

丹尼尔疑惑地说:“怎么回事?有诉讼。”

“什么?”

“在黄河市,一个叫苟国栋的人起诉了你们。”

“影响上市吗?”

“当然,上市公司是不能有诉讼的,我刚才接到纳斯达克通知,明天的挂牌取消。四个星期后,如果这个诉讼还不撤诉,再顺延四周。如果官司败诉,将取消上市。”

简直是晴天霹雳,余凌云她们几个立即沉默了。片刻之后,余凌霄大喝一声:“我要回去,阉了这个苟国栋!”

没多久,苟国栋的视频电话打到了文香手机上。文香吼道:“你个不要脸的东西,还有脸给我打电话!”

苟国栋却在那边微笑着,说:“让凌云接电话。”

余凌云说:“不接。我宁愿不上市,也不和他说话。”

刘怡苑把电话拿过来:“我给你说苟国栋,我们税务局本来要追究你逃税,是余凌云及时还款并且不让追究的。你这个忘恩负义的人……”

苟国栋说:“是这样刘局长,凌云集团的股份六成是资源股,所谓‘资源’就是余凌云的影响,而这个影响却是在我的操作下成长起来的,我留有所有给余凌云的资金走账的痕迹,有微信和银行转账为证。所以这六成里,起码应该有我一半。我本来要拿香港的房子投资,只要百分之十的股份,可余凌云不让。我现在还是这条件,还是百分之十,加一套我的香港别墅。只要同意,我立即撤诉,不影响上市。”

丹尼尔接过电话:“苟国栋先生,你说话要算话。”

苟国栋说:“丹尼尔先生,我看了您的主持,非常精彩。我说话算话,一言为定。”

丹尼尔挂了电话,看着余凌云:“我觉得应该商量一下。”说着指了一下松树林,“咱们到那里聊一聊。”

走进松林，余凌云说：“这个人人品不行。我们的合作者都是积极向上、真正干事业的人，他一加进来，一切坏毛病都会进来。一颗老鼠屎，会坏了一锅汤。”

余凌霄：“我同意。”

刘怡苑：“这个官司咱们和他打，坚决打到底！”

余凌云：“法律这一块我不太懂，但我想我们是正义的，应该可以赢。”

文香此时正在一边发着信息，刚发完，电话铃就响了。文香在电话里跟对方简单交流几句后，有点如释重负地说：“好的，我跟凌云姐说。”

大家不约而同看向文香。

文香深深吸了一口气，不徐不疾地说道：“事到如今，我必须向凌云姐检讨。其实，凌云姐补缴的税款和几千万投资，都是水旋风大哥给的，让我代持。旋风大哥不想让凌云姐知道事情的真相，是怕你因此背上巨大的心理包袱。其实他一直关注着咱们的事情，特别是这次上市。他知道苟国栋不会罢休，他是经济学家，这方面坏点子多，所以不得不防。也不知道他会在哪里出击，所以旋风大哥一直在调查苟国栋的事，想用一个大事压住苟国栋。最近他去了缅甸，金钱开路，酒精开场，终于弄清苟国栋的‘底细’，把住了他的‘命脉’。原来，他儿子已在缅甸被边防军扣押了，和毒贩关在一起，是杀还是用大钱赎，只等边防旅长女儿一句话。而边防旅长已经和旋风哥成了好朋友，也就是说，苟国栋儿子的生死权，现在由旋风哥掌握着。”

余凌霄心直口快：“旋风哥是想用苟国栋儿子的安全迫使他撤诉？”

文香说：“对。”

丹尼尔说：“那么四星期之内，咱们肯定能解决？”

文香说：“当然，他如果连儿子都不要了，那就真是猪狗不如了。”

余凌云泪流满面，泣不成声。

文香过去搂住她的肩，拿出手机：“你看，这是旋风哥每天和我通信的内容。他每天都在关注你，让我照顾你，提醒我每天应该注意、强调和回避哪些事情。所以说，我们公司能够顺利走到今天，和旋风哥密不可分。”

余凌霄也过来了，看见姐姐一脸的泪，赶紧给姐姐擦干。

文香继续翻着页面：“这是他在两个小时前发的视频。我认为上市没问题了，告诉了他。他在缅甸发来的。”

余凌云立即接过手机，打开视频。

画面上出现了穿着短袖的水旋风，背景是缅甸的军事营房。他对着手机说：“我多心，一直防着苟国栋，从目前看，上市没问题了。苟国栋看来还没想出赖招。我祝你们上市成功，想朗诵一首宋词，但你不要给她看，我怕影响她的心情。终有一天，我会给她看这视频的，或者，我会在她面前朗诵。”

说着，他摆了个姿势，朗诵道：

“我住长江头，君住长江尾。日日思君不见君，共饮长江水。此水几时休，此恨何时已。只愿君心似我心，定不负相思意。”

余凌云泣不成声。余凌霄哭着拨通水旋风的视频电话，看见他在那边一下子手足无措的样子，就说：“旋风哥……”然后把手机交给余凌云。

余凌云接过，对着镜头，却哽咽得说不下去。

手机那头，水旋风也泣不成声，只对着手机镜头，一声声地叫着：“凌云——”

余凌霄站到姐姐面前，说：“姐，你也朗诵，没问题，爸教过咱。”

余凌云点点头，一下子没有头绪。还是凌霄机灵，说：“你就用爸教咱的，范仲淹那首《怀旧》。”

余凌云吸了一口气，朗诵道：“碧云天，黄叶地，秋色连波，波上寒烟翠。山映斜阳天接水，芳草无情，更在斜阳外。黯乡魂，追旅思，夜夜除非，好梦留人睡。明月楼高休独倚，酒入愁肠，化作相思泪。”

余凌霄向姐姐竖起大拇指：“姐，好得很！这个‘明月楼高休独倚，酒入愁肠，化作相思泪’，太贴切了！”

突然，在松林深处，若隐若现地出现了低沉而又极有力道的啸声，如白色的雾在绿色的林间游走，如雨水在青草间缓缓地渗入土地。

啸声渐渐昂扬，若白鹭从林间飞出，冲出白雾，冲向天空，朝着东方的山峦。那里是一轮升起在树林顶端的鲜红的太阳……

图书在版编目（CIP）数据

凌云 / 郑彦英著 . -- 北京：作家出版社，2025.
1. -- ISBN 978-7-5212-3122-9

Ⅰ. I247.5

中国国家版本馆 CIP 数据核字第 2024UM2987 号

凌　云

作　　者：郑彦英
责任编辑：向　萍　翟婧婧
封面设计：贾　莹
出版发行：作家出版社有限公司
社　　址：北京农展馆南里 10 号　　**邮　　编**：100125
电话传真：86-10-65067186（发行中心）
86-10-65004079（总编室）
E-mail:zuojia @ zuojia.net.cn
http://www.zuojiachubanshe.com
印　　刷：河北星强印刷有限公司
成品尺寸：155 × 220
字　　数：197 千
印　　张：14.5
版　　次：2025 年 1 月第 1 版
印　　次：2025 年 1 月第 1 次印刷
ISBN　978-7-5212-3122-9
定　　价：85.00 元

作家版图书，版权所有，侵权必究。
作家版图书，印装错误可随时退换。